私はジョン・Fの愛の奴隷《どれい》だった

ミミ・アルフォード 著　長坂陽子 訳

Once Upon a Secret
Mimi Alford

ビジネス社

目次

人物相関図

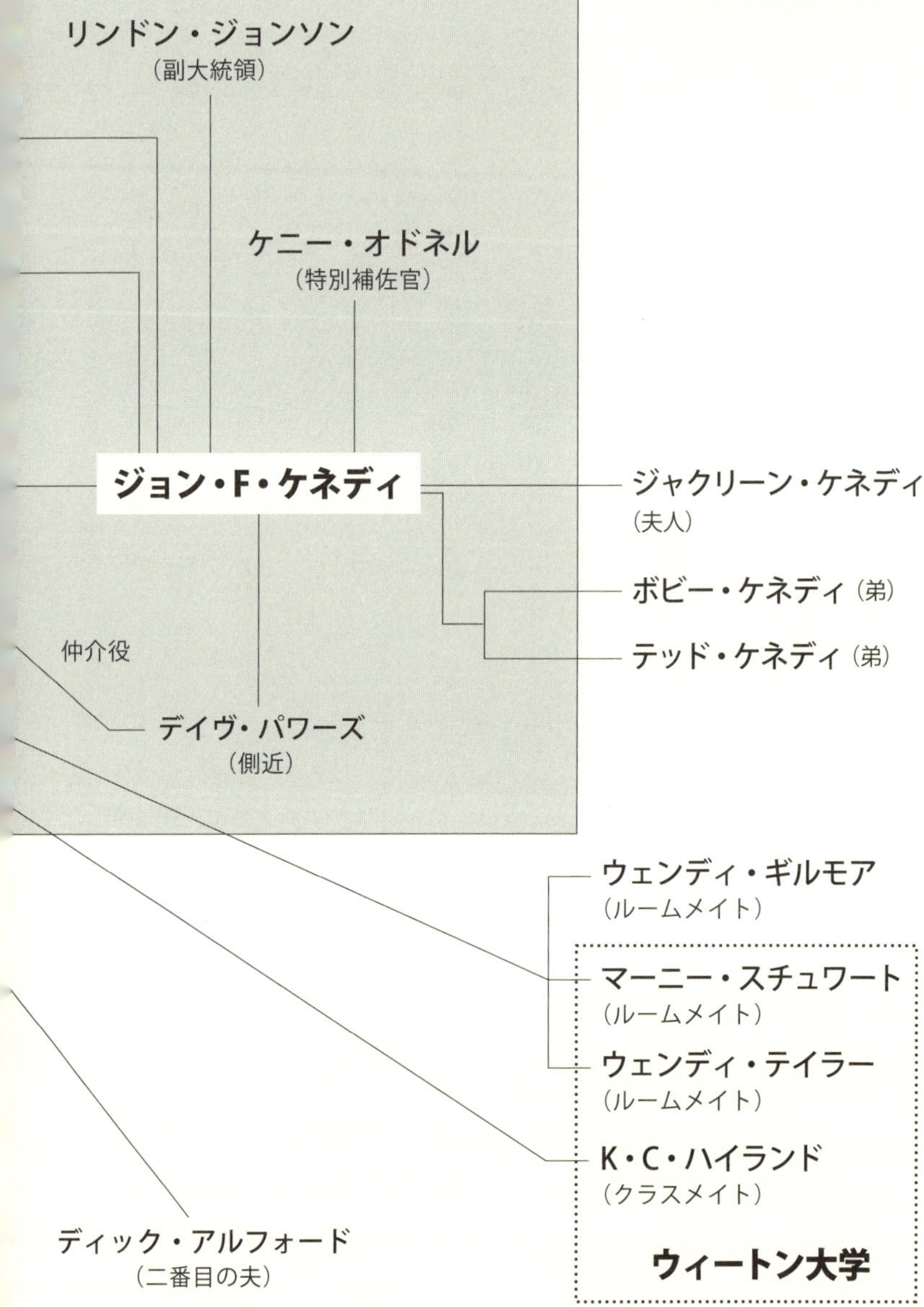

リンドン・ジョンソン
（副大統領）
ケニー・オドネル
（特別補佐官）
ジョン・F・ケネディ
ジャクリーン・ケネディ
（夫人）
ボビー・ケネディ（弟）
テッド・ケネディ（弟）
仲介役
デイヴ・パワーズ
（側近）
ウェンディ・ギルモア
（ルームメイト）
マーニー・スチュワート
（ルームメイト）
ウェンディ・テイラー
（ルームメイト）
K・C・ハイランド
（クラスメイト）
ウィートン大学
ディック・アルフォード
（二番目の夫）

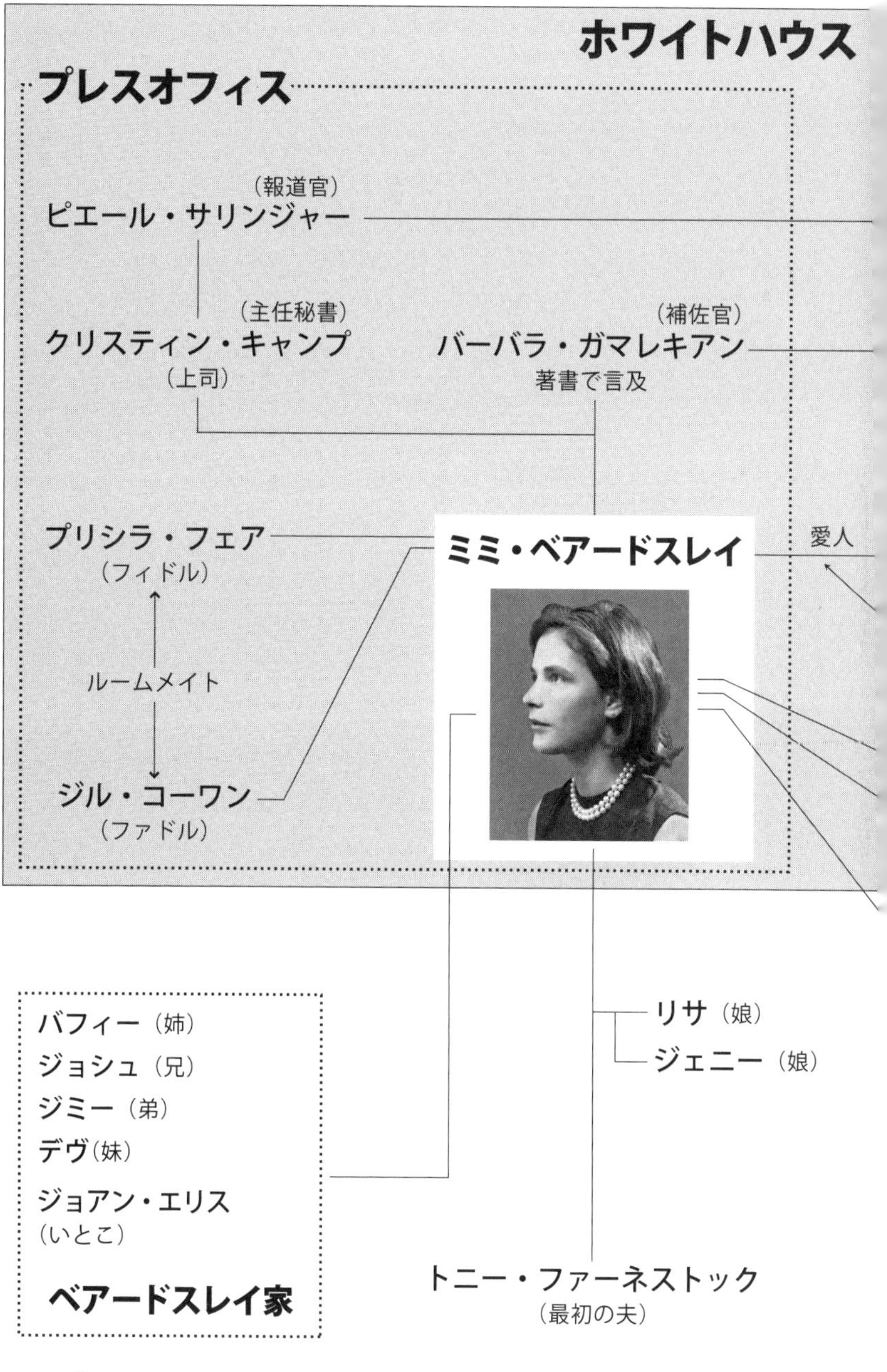
ホワイトハウス
プレスオフィス
（報道官）
ピエール・サリンジャー
（主任秘書）
クリスティン・キャンプ
（上司）
（補佐官）
バーバラ・ガマレキアン
著書で言及
プリシラ・フェア
（フィドル）
ルームメイト
ジル・コーワン
（ファドル）
ミミ・ベアードスレイ
愛人
リサ（娘）
ジェニー（娘）
トニー・ファーネストック
（最初の夫）
バフィー（姉）
ジョシュ（兄）
ジミー（弟）
デヴ（妹）
ジョアン・エリス
（いとこ）
ベアードスレイ家

第一章

誰にでも秘密はあるもの。私にもあります。その秘密を初めて明らかにします。

一九六二年の夏、当時十九歳だった私はホワイトハウスのプレスオフィスでインターンとして働いていました。その夏から一年半の間、一九六三年十一月にジョン・F・ケネディ大統領が不幸な死を遂げるまで、私は彼と長期にわたる親密な関係を持っていました。

このことを私は四十年以上、宗教の戒律を守るかのように秘密にしてきました。最初の夫などほんの一握りの人々にしか打ち明けていませんでした。両親にも子どもたちにも決して話しませんでした。そして自分が死ぬまで秘密であり続けると思い込んでいました。

しかし、そうはなりませんでした。

二〇〇三年五月、歴史学者のロバート・ダレックが『JFK未完の人生――一九一七〜一九六三』を出版しました。その本には、ホワイトハウスの元補佐官バーバラ・ガマレキアンが一九六四年に語った、十八ページに及ぶオーラルヒストリー（口述歴史資料）から引用した一文が記載されていました。そのオーラルヒストリーはボストンにあるジョン・F・ケネディ図書館に長い間封印されていたその他の文書とともに、およそ四十年目に公表されたものでした。その中でとりわけ好奇心をかき立てられる一節にダレックは飛びつきました。その一節とは次のようなものです。

「ケネディ大統領にとって、浮気は常に娯楽の一つでした。それは、毎日感じている過度の緊張から彼を解放してくれるものになっていました。ケネディ大統領は、次の女性たちと関係を持っていました。ジャクリーン・ケネディ担当の報道官パメラ・ターナー、ワシントンポスト紙の編集長ベン・ブラッドリーの義妹であるメアリー・ピンチョー・マイヤー、ふざけて〝フィドルとファドル〟というニックネームで呼ばれていたホワイトハウスの二人の秘書官、サム・ジアンカーナのようなマフィアの大物と関係があったためFBIの監視対象にもなったジュディス・キャンベル・エグズナー、そしてインターンとしてホワイトハウスのプレスオフィスで働いていた〝背が高く、スレンダーで美しい〟十九歳の大学二年生の女の子（プレススタッフの一人は振り返ってこう話している。「彼女は何のスキルも持っていなかった。タイプすらできなかった」）

ダレックの本が出版された当初、私はその箇所に気づきませんでした。もちろんケネディ大統領の伝記は一定の売れ行きが見込めるから、安直に作られています。毎年一、二冊が新しく登場し、話題をさらっては消えていきました。私はそういったものを無視するようにしていました。どんな伝記も買いませんでした。だからといって、住んでいたマンハッタンの本屋に立ち寄り、ホワイトハウスで働いていた期間について書いてある本を立ち読みしたことがなかったわけではありません。ホワイトハウスにいた頃を思い出すのは楽しいことでした。また、秘密がまだ安全かどうかを確認したいと思っている自分もいました。

ダレックの本は、たまたま私のアンテナに引っかからなかっただけなのかもしれません。しかしメディアはその箇所に注目しました。クリントン政権を五年早く終わらせることになったと言えるモニカ・ルインスキー事件は、権力者のセックスライフを詳細まで知りたいという国民の過激な関心をかき立てました。ダレックが触れた、匿名の「ホワイトハウスのインターン」はニューヨーク・デイリーニューズに火をつけました。「どうやらこれは大ニュースになりそうだ」、そう思ったデイリーニューズは、この謎の女性を特定し居場所を突き止めるために、特別報道チームを作ったほどです。

二〇〇三年五月十二日、マンハッタンの家の近所にある新聞の売店の前を通りすぎたとき、デイリーニューズの一面にケネディ大統領の大きな顔写真が出ているのに気づきました。私はその見出しに気を留めませんでしたし、新聞は束になっていたので見出しは一部分しか見えませんでした。

いいえ、私が見たくなかっただけかもしれません。デイリーニューズのようなタブロイド紙が、ケネディ大統領のスキャンダラスなことに注目する傾向にあることはよくわかっていました。でも、そういうニュースを見ると私はいつも落ち着かなくなりました。なぜなら、大統領と女性たちとの関係の中で私が特別な存在ではなかったことや常に他の女性がいたことを思い知らされるからです。だから私はケネディ大統領の面影を極力忘れようとしていました。四十一年間にわたって秘密を守ることは自分の人生のある側面を否定するようなものです。苦痛をもたらす不都合な真実から自分を切り離すことが求められます。これまでに、私はそのやり方を十分学んでいました。

写真の下に書かれた見出しの全文までは私の目に入りませんでした。「ＪＦＫにもモニカがいた。ケネディ大統領が十九歳のホワイトハウスのインターンと関係を持っていたことを歴史学者が語る」。記事の中身はダレックの本からの抜粋と、バーバラ・ガマレキアンへの新たなインタビューでした。バーバラはその十九歳のインターンのファーストネームしか思い出せないと言ったうえで、その名前を明かすことは拒否しました。もちろん彼女が拒否しても、デイリーニューズをさらなる調査に奮い立たせる結果にしかなりませんでした。

翌朝、私は九時に自分の職場である五番街長老派教会にいつも通り出勤しました。そしていつものようにデスクの前に座り、Eメールをチェックしました。

ある友人がデイリーニューズの記事のリンクを貼ったメールを送ってきていました。それが何かわからないまま、私はリンクをクリックしました。「ホワイトハウスでミミとお楽しみ」という例の見出しの記事が現れました。友人は、私とその女性の名前が「おかしなことに一致しているから送った」と書き添えていました。

「一瞬呼吸ができなくなった」という慣用句の意味を、人生で初めて理解しました。私は寒けを感じたほどです。急いでドアを閉め、記事に目を通しました。そのときの姓であるファーネストックは記事の中に出てきませんでしたが、すべてが変わろうとしているという奇妙な恐怖感を覚えました。その瞬間、自分が大人になってからの全人生を怖いと思いました。

私はパニックにならないように努めました。深呼吸をして、それから重要な事実が記事に書かれていないことを確認しました。まずデイリーニューズは私が住んでいる場所を知りませんでした。友達にも接触していません。私がホワイトハウス時代に知り合った人たちにもたどり着いていませんし、私の写真も入手していません。もし私のことを知っていれば、それを記事に書いたはずです。そしてもちろんコメントをとるために捜し出したはずです。

まだ、そんな事態は起きていませんでした。

私はそれまでにも何度か危険な局面を乗り越えていました。その一年前にも、作家のサリー・ベデル・スミスが私の家に電話をかけてきたことがありました。彼女は「六〇年代のワシントンで女性たちが受けていた待遇に関する本を書いている」と言いました。私にとって害はなさそうでしたが、私に厳重な警戒態勢を取らせるには十分でした。私は隠された意図があるのではないかと疑いました。幾層にも積み重ねた秘密のヴェールを一枚一枚剥《は》いでいく準備はまだできていませんでした。もちろん、会ったこともない女性に対してはもってのほかです。私は質問には答えられないと言い、もう電話をしてこないでほしいと丁寧に頼みました。彼女は私の望みを尊重してくれました。私の秘密は守られたのです。

しかしデイリーニューズの報道には、そのときとは違うものを感じました。

このニュースが出た翌日、出勤するとオフィスの外に女性が座っていました。彼女はデイリーニューズの記者だと名乗りました。そして私が前日に報道された記事で触れている、あのミミだということを確認したいと話しかけてきました。

隠れる場所はありませんし、否定しても無駄でした。
「はい、私です」私は答えました。
「ミミが沈黙を破った」。翌日の新聞の見出しにはそう書かれていました。

このとき私は六十歳。離婚して、セントラル・パークから数ブロック離れたアッパーイーストサイドのアパートで一人で静かに暮らしていました。一九九〇年代初め、大学を中退してから三十年ぶりに大学に戻り、五十一歳で学位を取得しました。生まれつき運動が得意で、その頃は熱心なマラソン愛好家でした。夜明け前によくセントラルパークの貯水池の周りを走り、一人の時間を楽しんでいました。嵐のような離婚劇の末に別れた元夫は一九九三年に亡くなり、二人の娘はすでに成人し結婚して子どもをもうけていました。長い年月の中で初めて、ある程度の安らぎを感じていたのです。

自分自身を理解し、この状態に達するまでに、私は長い間カウンセリングを受けていました。専業主婦として長く暮らした後、教会で働き始め、仕事に大きな誇りを持つようになっていました。教会では最初、音声部門のコーディネーターとして牧師のすばらしい説教を録音し製品にし、その後、ウェブサイトのマネージャーになりました。私が制作した音声テープは、教会の重要な資金源になっていました。自分にとって仕事とは収入源というだけではなく、日課であり癒しになっていました。信心深い人間ではありませんが、教会の仕事を大切にしていました。そして同時に自分のプライバシーも大事にしていました。

このニュースはいったん流れると、ニューヨークだけでなく、アメリカ国内中、そしてヨーロッパなどあらゆる場所で報じられました。皮肉なことに私はつかの間の名声を手に入れることになったのです。予測できたものから、淫《みだ》らなものや馬鹿げたものまであらゆる見出しが登場しました。「モニカからミミへ」、「ミミの心中は、神のみぞ知る」、「JFKと神に仕える女性！」。

私の好きな作家、脚本家であるノーラ・エフロンに、ニューヨークタイムズの論説ページでからかわれたこともありました。インタビューの依頼が殺到し、私の留守番電話はニュースキャスターのケイティ・クーリック、ラリー・キングやダイアン・ソウヤー、タブロイド紙のナショナル・エンクワイアラーなどからのメッセージでいっぱいになりました。ナショナル・エンクワイアラーは本当に二十ドル紙幣の入った封筒を私のアパートのドアの下に滑り込ませてきました（私はこれを教会に寄付してしまいました）。週刊誌からの手紙も押し寄せました。手紙の書き出しはすべて同じでした。「突然お手紙をお送りして申し訳ございません。あなた様にとって、今が大変な時期であることはわかっております。しかしながら……」それから用件が続くのです。

ハリウッドのある映画プロデューサーは、まず花を送ってきて、それから私の物語を映画化する権利を売ってほしいという手紙を送ってきました。そのプロデューサーは私に会う前から、百万ドルを払うと書いてきました。著作権代理人たちも私を求めて殺到してきました。ケネディ家についての下品な著作を二冊も書いているエドワード・クラインは、「もしゴーストライターとして本を書かせてくれれば、あなたはお金持ちになって〝平和に静かに暮らせるようになる〟だろう」と電話してきました。

友達や応援してくれる人、有名人のストーカーや批判的なことを言う人からもメールが送られてきました。大学時代のある知り合いからのメールには慰められました。「これは全部、〝今週のニュース〟だっていうことを覚えておいてね」。そして、「すぐに収まるわ。ケネディ大統領はエルビス・プレスリーのようなものなの。みんなが彼のことを知っていると思い込んでいて、彼に関する話をもっと聞きたいといつも思っているのよ」と書いてきました。

私はメディアからの依頼をすべて断りました。応援してくれる人の親切に感謝し、批判は無視しました。ケネディ大統領の名声を故意に踏みにじっていると思っている人や、すべてでっち上げだと考える人と理性的に話せるわけがないのです。このことを公表したのは、自分の意志ではなく強制的なものだったということを改めて自分に言い聞かせました。

私はこの四十年間、秘密を突き止められること、それを暴露されることを恐れて生きてきました。その瞬間がついに訪れてしまったのです。しかし、それは思いもよらぬほど自分を解放したのです。メディアの猛攻撃に遭ったとき、私の心はふいに静けさで満たされました。自分がこの騒動に対処する力があり、恥ずべきことは何もしていないと気づいたのです。もう隠すことにうんざりしていたのです。

アパートの前に野宿している大勢の報道陣に向け、簡単な声明文を配りました。

「私は一九六二年六月から一九六三年十一月までケネディ大統領と性的な関係を持っていました。そして過去四十一年間、私はこのことを他人に話しませんでした。でも近頃のマスコミ報道を考慮して、この関係について子どもたち、そして家族と話し合いました。家族は完全に応援してくれています」

そして、それ以上何も言いませんでした。

私のフルネームはマリオン・ベアードスレイ・ファーネストック・アルフォードといいます。この三つの姓がいろいろな意味で、私に関してみなさんが知るべきこと、私の出自や経歴をすべて語ってくれています。私は人生の最初の二十年間をベアードスレイとして過ごしました。ケネディ大統領と関係を持っていたのもこの時期です。その後の四十年間、ファーネストックとして過ごしました。これはケネディ大統領の暗殺から二か月後、一九六四年一月に結婚した男性の姓です。ファーネストックは、成人後の人生の大部分に結びついた名前であり、二人の娘たちの名字でもあります。そして現在、私はアルフォードという姓を名乗っています。二〇〇五年にディック・アルフォードという男性と結婚したためです。皮肉なことですが私の存在が二〇〇三年に世間に暴露されなかったら、彼と出会うこともなかったでしょう。今はこの姓だけを使っています。だから本書の表紙に書かれた私の名字も、アルフォードだけです。

それには理由があります。すでに私は世界で最も大きな権力を持つ男性と関係を持ち、匿《かくま》われていた十九歳のミミ・ベアードスレイではありません。そして、その関係が生んだ悪夢にうなされ、それを乗り越えようともがき、精神的な傷を負って怯《おび》えていたミミ・ファーネストックでもないのです。

私はミミ・アルフォードです。私は自分のしたことを後悔していません。過去の私は若く、周りに流されていました。その過去を変えることはできません。私の秘密が世界に暴露されてから、約十年が経過しました。この間、私は、自分の人生において触れるのがつらい出来事をどう語ればいいのか、そしてそれを表現すべきとしたら、自分の気持ちをどう言い表せばいいのかを考えてきました。五月のその日まで私の中は空っぽで、どう満たせばよいのかわかりませんでした。しかしその日以降、ミミ・アルフォードとして体験した幸福感と充足感が私を支え、自立させてくれることを知ったのです。その感覚は自分の物語を自分でコントロールすることの大切さを教えてくれたのです。

最初に私は事実関係を明確にするために、一番年長の孫に手紙を書きました（実際に投函はしませんでした)。「親愛なるエマ　あなたに話しておきたいことがあるの。あなたが大きくなったとき、ある一人の大統領についての本の中で、私の名前を見かけるかもしれないから。あなたに事実を知っておいてほしいの」

しかし、記録として書き記すだけでは収まらない、大きな物語が存在しました。秘密とともに生きることで、私の感情は抑えつけられていました。手紙を書くことは自分を理解するための試みにすぎないと気づきました。完全に自分をコントロールするためには、真剣に内省することが必要とされるでしょう。内省の対象となるのは、ホワイトハウスにいた時期の私だけではないのです。

この本に書かれているのはプライベートな物語です。偶然、世の中の表舞台に出ることになった人間のプライベートな物語です。この物語に登場する人物――おそらくそれは単に大統領にもてあそばれた人として見られているのでしょう――として、自分を捉えてほしくはありません。

性的経験のない十代の女の子がホワイトハウスで働くようになって四日目に、大統領のベッドにいるというのは受け入れ難いことかもしれません。しかしそんなに簡単な話ではないのです。

それはワシントンD.C.に向かう列車の中から始まります。

第二章

一九六二年六月のとても蒸し暑いある日、私はニュージャージー州トレントンにいました。乗っていた列車は混雑していて、しかも空調が効いていなかったため、マドラスチェックのワンピースはすぐに皺《しわ》だらけになってしまいました。当時は常にそうでしたが、列車の中は煙草の煙が充満していました。でも私はどれも気にしませんでした。まだ大学二年生にも、二十歳にもなっていなかった私は、この上なく魅力的な夏休みのアルバイト――ホワイトハウスのインターンとして働き始めるため、ワシントンD.C.に向かっているところでした。翌朝には、ホワイトハウスの西通用門を通り、ケネディ政権のプレスオフィスに仕事に行くことになっていました。

でも、実際にインターンという仕事についてほとんどわかっていませんでした。もちろん、どこに住むのか、ルームメイトは誰なのか、初日にはどこに行けばいいのか、誰を訪ねればいいのかなど、基本的なことはわかっていました。皺になっていなければ、そのお気に入りのワンピースを初日に着ていく予定だったのもわかっていました。でもその仕事に必要な能力、または誰と一緒に仕事をするのかも、私はまったく知りませんでした。さらに言うなら、どうしてこのインターンシップの仕事がひょっこり転がりこんできたのか、そもそも見当もつきませんでした。

その後すぐに私は、自分と同じようなインターンたちの多くがコネを使うか、何かの見返りを払うことで、その地位を手に入れていることを知りました。一番給料の安いインターンであっても、そうなのです。一部のインターンたちの家族はコネクションを持っているか、あるいは民主党に多額の寄付をしていました。でも、私は違いました。またインターンの中には政治に対して大きな情熱を持っている人たちもいました。彼らは意欲だけでその仕事を手に入れていました。私はそれとも違いました。私はインターンシップの申し込みすらしていませんでしたし、政治に関する知識は一年生のための政治学の授業で教えてもらったことくらいでした。もし私が政党に所属していたら、それは私の両親の支持する共和党穏健派寄りだったでしょう。両親はアイゼンハウワーが好きで、一九六〇年の大統領選のときにはジョン・F・ケネディではなくリチャード・ニクソンを支持していました。

しかし六〇年代初めの多くの若者と同様、私もスターの力というべき大統領の生き生きとした力の影響から逃れられませんでした。彼は私の父よりも十二歳も若く、テレビで見る姿はウィットに富み、ハンサムで魅力的でした。彼の妻は若くてうっとりするほど魅力的で、彼と歩調がぴったり合っていました。そして、私にその仕事をくれたのは彼女――ジャクリーン・ブービエ・ケネディでした。ご説明しましょう。

私は以前にもホワイトハウスを訪れたことがありました。コネチカット州のファーミントンにある全寮制の女子校ミス・ポーターズ校の三年生だったとき、私は学生新聞サルマガンディの編集者をしていました。偶然ですが、ジャクリーン・ケネディも四七年までミス・ポーターズ校に在籍し、私と同じようにサルマガンディの活動をしていたのです。向上心に燃えるジャーナリスト志望として、私は六〇年の選挙戦の間、ケネディ夫人を見続けてきました。彼女はすでに母校の最も有名な卒業生（私たちはそういう人たちを〝大先輩〟と呼んでいました）でした。

もし彼女がファーストレディになればインタビューはすばらしい試みになるはずです。私は彼女に手紙を書き、正式にインタビューを申し込もうと思いました。母校の後輩の申し出を断ることができるでしょうか？

大統領就任から一か月後、私は校長先生に手伝ってもらい、サルマガンディとして公式に手紙を書き、学校の便箋にタイプして送りました。そして返事を待ちました。手紙を毎日確認し、ファーストレディからの返信がないことがわかるたびにがっかりしていました。その数日間は数週間のように感じました。しかしついに三月十日、クリーム色の封筒に紺色の文字でホワイトハウスと書かれた封筒が私の郵便受けに届きました。その場ですぐにその封筒を開けたくて仕方ありませんでしたが、校長先生の研究室に駆け込み、一緒に手紙を読みました。中身は、ファーストレディの私設秘書でスタッフの主任であるレティシア・バルドリッジからの、タイプ打ちされた手紙でした。レティシア自身もミス・ポーターズ校の卒業生でした。彼女は私の申し込みを丁寧に断り、上品で礼儀正しい文章で、ファーストレディのスケジュールがいっぱいであり、「百人以上の記者やジャーナリストが彼女に一対一で直接インタビューする機会を待っている」と説明していました。

それはとても残念な知らせでしたが、いい知らせもありました。ホワイトハウスに来てミス・バルドリッジ自身にケネディ夫人についてインタビューするのはどうかと提案してくれたのです。ミス・バルドリッジは記事に補足できるような新聞や雑誌の切り抜きを集めるのを手伝ってくれるとまで言ってくれました。これはよくある素っ気ない拒絶の対応ではありませんでした。ホワイトハウスに招かれ、ファーストレディと話すことはできなくても、その次にすごいこと、権力の場にいてニュースにも登場する同窓生の一人の話を掲載できるのです。ホワイトハウスを訪問する日は私の春休み中、一九六一年三月の最終週に決まりました。

訪問する前日に私はラガーディア空港から出ている定期便に乗り、その夜はチェビーチェイスに住む両親の友人の家に泊まりました。その夫妻は私がトップレベルのジャーナリズムへの一歩を踏み出したことを祝おうと、ナショナル・プレス・クラブへ夕食に連れて行ってくれました。そして翌朝、私は約束の十一時の数分前にホワイトハウスの西通用門を通り抜けたのです。

ミス・バルドリッジは私を自分のオフィスに迎えてくれました。オフィスは特徴がなく、彼女は見栄えのしない政府支給のデスクにつき、開梱されていない段ボール箱に囲まれていました(ケネディ一家は七週間前に引っ越してきたばかりでした)。室内は殺風景でしたが、私は気品を感じました。ミス・バルドリッジは自分のことをティッシュと呼んでくれるように言い張りましたが、私にはできません。黒っぽいウールのスーツと絹のブラウスをきちんと着こなした彼女は、落ち着きと温かいおもてなしの見本のような人でした(ホワイトハウスでの仕事をやめた後、彼女は礼儀作法と社会のマナーに関する本を書き、それはベストセラーになりました)。

おそらく、彼女にとってはミス・ポーターズ校の後輩の女の子に、少しばかり親切さを示していただけのことでしょう。しかしミス・バルドリッジが私のためにいろいろと便宜を図っていてくれたのは明らかでした。世界中からファーストレディに関する記事をたくさん集め、私のために案内役を確保し、大統領と会う手はずまで整えてくれていたのです。大統領はその日、ホワイトハウス内のローズガーデンで体に障害のある子どもたちと過ごすことになっていて、私もその場に参加することになっているとミス・バルドリッジは伝えてくれました。

プリシラ（フィドル）・ウェアが私の案内役でした。プリシラもミス・ポーターズ校の卒業生で、私が入学する一年前、一九五八年に卒業していました。フィドルとは、彼女の子どもの頃のニックネームです。フィドルはホワイトハウスで働いていることで、私たちの学校の伝説的存在になっていました。そのときが彼女と初めての対面でした。私はフィドルと彼女のルームメイトのジル・コーワンがまだ上院議員だったケネディ氏の大統領選で働くためにグーカー大学をやめ、今はホワイトハウスで働いているということしか知りませんでした。フィドルとジルは切っても切れない仲でした。ジルはみんなの予想通りファドル（ルロイ・アンダーソンの有名な曲『フィドルとファドル』にちなむ）と呼ばれ、プレスオフィスで働いていました。フィドルは大統領の個人秘書のイヴリン・リンカーンのアシスタントをしていました。

フィドルは私をホワイトハウスの東棟から見せてくれました。まるで足を踏み入れてはいけない場所はないかのように、彼女は自信に満ちた態度でホールを案内しました。私はその姿を見て圧倒され、彼女の自信とプロフェッショナリズムに感動し、少し恐れをなしました。彼女は歩きながら、今が春休み期間中であるため、観光客団体や職員の友達の友達で混み合っていると説明してくれました。そのため西棟まで行くのは大変でした。フィドルは、迷路のような地下のトンネルや隠された吹き抜けの階段を手探りで進みながら、眺めのいいルートを歩いていきました。そして二回ほどキッチンや洗濯室に迷い込んだ後、私たちは西棟にある閣議室のすぐ外に出ました。閣議室に誰もいないのを確認するとフィドルは扉を開け、ついてくるよう手招きしました。私は椅子の背に一つ一つ触れ、この部屋で行われた重要な決定や白熱した議論を想像しながら、大きな木製のテーブルの周りをゆっくりと歩きました。自分がここにいるなんて、あり得ないことのように思えました。

「ミス・スメドレイは感動するでしょうね？」私はミス・ポーターズ校でみんなに尊敬されているヨーロッパ近代史の先生の名前を不意に思い出して、そう言いました。ミス・スメドレイの貴婦人のような声と芝居じみた身振り手振りを真似しながら、私は彼女が一緒にここにいたら何と言うか、想像しました。「ここで、フランクリン・D・ルーズベルト大統領はモンロー主義のメリットを論じながら、ナチスドイツとの戦争に必要な費用を算出したのですよ」。フィドルは笑いました。そして私と一緒になって少しの間女学生に戻ると、そこに黒板があると想像し、腕を振ってミス・スメドレイの真似をしてふざけました。

廊下に戻ると、一人の女性にはねとばされそうになりました。彼女は大統領執務室に飛び込んでいきました。

「大統領の専属医師のジャネット・トラベルよ」フィドルが耳元でささやきました。

フィドルがタイプの仕事をしている間、私は大統領執務室から数歩離れたところにある席で待っていました。するとミス・バルドリッジが子どもたちを引率してローズガーデンに入ってくるのが窓から見えました。それは、私が外に出て子どもたちと合流する合図でした。フィドルはタイプライターから離れると、私を外に連れてミス・バルドリッジのところに案内してくれました。ミス・バルドリッジは私に自分の隣に立つように言いました。そのグループの中で、私たちだけがみんなより頭一つ飛び出している状態で、大統領の登場を待っていました。そのとき執務室のドアが開き、アメリカ合衆国大統領が庭に現れたのです。

　私はもちろん緊張し、そしてスターに魅せられていました。そうならない高校生がいるでしょうか？　私は自分が読んだり、想像したりしてきた人と目の前にいる人を興味深く比べました。大統領は写真で見るより背が高く、痩《や》せていて、もっとハンサムでした。大統領は寛容で魅力的で、背をかがめて子どもたちと同じ高さの目線になり、一人一人と握手をしたり話をしたりしていました。その様子は彼がアメリカで最も才能があり、優れた政治家であることの証左のように見えました。大統領にとっては、その日予定されていた多くの会議や行事の一つにすぎなかったでしょう。次の仕事に取りかかった瞬間に子どもたちの顔すら忘れてしまったのは間違いありません。それでも大統領はその数秒の間、目の前にいる子どもたちが永遠に忘れられない存在であるかのように熱心に注意を傾けていました。

私が大統領と握手する順番がくると、ミス・バルドリッジが間に入り、私の名前を紹介し、学生記者であることを告げました。

「どこの学校ですか？」大統領は私の手を取って尋ねました。

「ミス・ポーターズ校です、大統領」私はどうにかそう答えました。

大統領は私の答えを聞いて微笑み、「なぜここに？」と尋ねました。

「サルマガンディという学校新聞にファーストレディについての記事を書くのです」

「三年生？」

「はい、大統領」

「来年はどの大学に進む予定なのですか？」

「ウィートンかホリンスです」

「そうですか。お会いできて楽しかったですよ。頑張ってください」大統領は言いました。

「ありがとうございます、大統領」

大統領はその場を立ち去りました。

私が書いた記事、「ホワイトハウスの大先輩たち」は、サルマガンディの一号分をほぼ埋め尽くしました。校内でも大好評でした。発行された日、クラスメイトたちがその記事を読んでいるのを至るところで見かけました。私はとても誇らしく思い、新聞をミス・バルドリッジに送りました。すぐに彼女が返事をくれたときには、さらに誇らしい気持ちでいっぱいになりました。「とてもすてきな記事でした。イルカ・チェイス、クレア・ルース、マダム・ド・スタール（すべて作家、文筆家。イルカ・チェイスは女優でもあった）をすべて足して一つにしたような熟練した文章でした」。彼女の手紙にはそう書いてありました。彼女は何よりも社交儀礼の専門家であり、十代の少女に自信を与えるプロでした。

このことがあったため、その一年後、ホワイトハウスのプレスオフィスから電話がかかってきたのも多少筋が通った話のように思えました。ミス・バルドリッジはおそらく私がジャーナリズムに関心を持っていたのを覚えていて、同じ学校の後輩である特典として、インターンの仕事を与えてくれたのに違いありません。これは私の推測です。なぜなら私はこれまで、なぜインターンシップを与えられたのか誰かに聞くこともありませんでしたし、誰かがそれを教えてくれることもなかったからです。私にわかっていたのは、断ることができないということだけでした。

私にとってインターンシップはすばらしいものでしたが、父にとっては違いました。父は私のために、夏のアルバイトとしてニューヨークの法律事務所での受付の見習いの仕事を用意してくれていたのです。突然のチャンスは父にとって、気の進まない電話を法律事務所にかけなくてはならないということを意味しました。私は、約束を破ったことを申し訳なく思いました。しかし父は喜んで電話をかけると言ってくれました。「ホワイトハウスでのインターンとマンハッタンの受付の仕事では、競争にならないな」

私はワシントンに向かいました。


私はニュージャージー州東部のミドルタウン地区にあるコロニアル様式のファームハウスで育ちました。その地域で最も古い屋敷の一つで、とても広い家でした。母屋が建てられたのは一七八一年で、一八〇〇年と一八五〇年に増築しました。屋敷には十四の部屋と七つの暖炉があり、天井に手斧で加工した梁《はり》のある松の板張りの図書室や舞踏場もありました。今より優雅だった時代の名残をとどめていました。舞踏場は誕生日パーティとクリスマス以外、めったに足を踏み入れませんでした。私の母はこの家をスティルポンド（静水池）農場と名付け、「もうこれ以上、この家が変わることはないわ」と言っていたものです。

その夏、もしワシントンに行かなければ、私はマンハッタンのミッドタウンまで毎日一時間かけて通勤し、週末には農場から三十分くらいのところにあるビーチクラブで家族や友人と泳いだり、母と庭仕事をしたり、家事を手伝ったりして過ごしたことでしょう。

父は平日の昼間はニューアークにあるフィデリティ・ユニオン・トラスト・カンパニーの信託部門で働き、週末は農場経営の仕事をしていました。父にとって一番幸せなのは、オーバーオールを着てトラクターに乗り、六〇エーカー（約二四万平方メートル）の田畑や果樹園の刈り取りをしているときでした。父について思い浮かべるとき、私が思い出すのは暑い夏の遅い午後の光の中、トラクターに乗る姿です。父は音を立てながらトラクターを走らせ、夕食の時間になるまで降りませんでした。

第三者の目には、これは特権階級の良家の子女の生活に見えたことでしょう。私にはバフィーというニックネームの四歳年上の姉と、二歳年上の兄のジョシュがいました。ジョシュはニューハンプシャー州のセントポール高校を卒業後、父と同じプリンストン大学に進学し、その当時二年生でした。四歳年下の弟のジミーはロードアイランド州にある私立中学校に入学し、その後プリンストン大学に進みました。妹のデヴは六歳年下で、私と同じミス・ポーターズ校に入学しました。私たちはこの頃、格子柄の服をよく着ていました。

こういった暮らしぶりは、アングロサクソン系白人新教徒（WASP）の良家の子女の条件に当てはまりますが、自分たちが特権階級と思い上がってはいません。それは母によるところが大きいでしょう。母はすばらしくレベルの高い倹約家でした。自分でできるのであれば、大工や塗装職人などの職人を雇おうと考えませんでした。私が八歳のとき、一家はニューヨークからニュージャージー州の農場に引っ越しましたが、そのときにはすでに母の「自分でやる」精神に十分気づいていました。母は自分でやらずにすませることができません。新しい家での母の最初の計画は、全部屋のはがれた古い壁紙に湯気を当ててはがし、壁を修繕してから塗装することでした。

それから色あせた家具カバーとカーテンを取り替えることにかかりました。生地を買ってきて、自分で縫い上げました。次に本棚を作り、古い家具の表面を補修すると、古い木の鎧戸《よろいど》を解体し、塗装しました。私たち姉妹にカリアー・アンド・アイヴスの絵の場面をアップリケしたフェルトのフレアースカートも作ってくれました。自動車を運転し、学校で何か試合のあるときにはいつも私たちを応援しに来てくれました。家を掃除し、私たちの食事を作り、農場では鶏と羊の世話をしていました（動物たちはペットではなく私たちの食料源でした。私たち兄弟姉妹は昨日まで草を食んでいた子羊を食べることに耐えられませんでしたが）。母はまるで発電所のようでした。自給自足型で、その家事能力はマーサ・スチュワートもびっくりしてくれたでしょう。

母は自分でプログラミングされた通りに人生を生きていました。彼女の人生の願望は、結婚して子どもたちをきちんと躾《しつ》けて育て、大切な仕事の妨げになるような雑事から夫を解放し、幸せで快適な家庭を作り、家計を管理することでした。だから一家は持っている以上にお金を使うことは決してありません。これは当時のアメリカの平均的な家庭の姿だったのでしょう。とはいえ、私は自分の母がこの種の人間の中でも極端なタイプだと思っていました。

母は魅力的な女性でした。平均より身長は高く一七〇センチほどもあり、ほっそりした体型でした。姿勢も完璧で、繊細な顔立ちにウェーブのかかった茶色の髪を短くしていました。母はみんなにリディと呼ばれ、その名前はぴったりでした。親切で社交的で、必要であれば女主人として陽気で洗練された魅力を示すこともできましたが、たいていのときには真剣な雰囲気と責任感の強さを醸し出していました。母はめったに浅はかなことをしませんでしたが、ときどき馬鹿げたダイエット――例えば一週間バナナだけを食べ続けるような――をしていたことを覚えています。そういうダイエットは無意味でした。なぜなら、座っていられない性格が、彼女の体重が増えすぎないことを保証していたからです。

ひと頃、近くの農場に住んでいた母の父親が、彼女が疲れ果てるまで働くことを心配し、料理人を雇ったことがありました。その料理人は父のジンを飲みつくし、そのボトルに水を入れていることが発覚し、一か月も経たないうちにやめさせられました。そしてうれしいことに、また母が私たちの食事をすべて作るようになりました。

父のランディは立派な体格の、陽気な人でした。耳も鼻も大きく、笑うと満面の笑顔になりました。笑顔も微笑みも見せていない、そしてふざけてもいない父の写真を、私は一枚も持っていません。でも父の微笑みの裏には、暗い何かが潜んでいたのです。それが何か判明したのは、父が六十代になったときのことです。躁うつ病となって現れました。子どもだった頃には、父の悲しみや絶望にほとんど気がつきませんでした。父のうつ状態が最もひどいときには母が父の役目を引き継ぎ、彼の代わりを果たしてくれていたおかげです。母にとってはとても大変な時期だったでしょう。でも私は、母が父を生涯のパートナーとして選んだことを一瞬でも後悔したとは思いません。そして父もそうでしょう。

私が育った一九六〇年代の初めの様子は、良家のある田園風景のように見えたことでしょう。当時の私にはそう思えたからです。私はそこで幸せを知り、一人の時間を愛するようになりました。今の自分からは想像もつかないのが、十代の私は木でできたビクトリア時代風の人形の家をベッドルームのテーブルの上に置いて、何時間も夢中で遊んでいたことです。私はその家を電気が使えるようにし、部屋を塗装し、壁紙を貼りました。そしてお店で買ったアンティークの家具で部屋を飾り、いつでも部屋の大きさを測っていました。

私たちは、生活のほぼすべての場面が自分たちのために周到に計画されている、自己完結した世界の中で暮らしていました。私たちが階級と呼んでいたものの規範を踏みはずさないように生活していました。家族での食事のときには必ず神の愛について唱えていました。また、相手を侮辱することを恐れ、政治や宗教については決してあからさまに語らないという暗黙の了解を肝に銘じていました。お金の話もタブーでした。どれくらい稼いだとか、何にどれくらい使ったとかを話題にすることは、好ましくありませんでしたし、財産は絶対に見せびらかすようなものではありませんでした。私たち一家の知り合いはみんな共和党員で、同じプロテスタントの信者だったと思います。

家族の中で一番重要だったのは、子どもたちがどこの学校に行くかでした。私たちは当然、母やその姉妹たちが通っていた一流の寄宿学校、ミス・ポーターズ校やセント・ポール校、セント・ジョージ校に行くと思われていました。教育は美徳です。そのうえ、これらの学校は教育効果以上の恩恵を与えてくれます。履歴書に書かれたこれらの学校の名前は、その人の地位と重要性を端的に表しているものでした。

年に一度出版されるニューヨークの名門家を一覧にした社交界名士録は、母の机の上で欠かせない存在でした。両親がその本を細かく調べている姿を思い出すことはありませんが――両親は、ジェイン・オースティンの『説き伏せられて』の最初に出てくる滑稽《こっけい》なサー・ウォルター・エリオットのように「本を読んだことはなかったが、紳士録だけは別だった」という人ではありませんでした――、両親の属していた階級の人々にとって、この本がどれだけ重要であったかは、今になってみると驚きです。

地位が最も重要になるのは社交界に紹介してもらうときでした。私たちはニューヨークとニュージャージーの両方に住んだことがあったため、母は、私たち姉妹にどちらか一方ではなく両方の州の社交界にデビューするように主張しました。それは彼女にしてみれば、善意ゆえの決定でした。母は私たちにとって最善のことをしたかっただけなのです。しかし私にとっては検査を受けるような経験でした。白いシルクのロングドレスを着て、子羊の皮でできた肘《ひじ》までの手袋をするのが嫌だったわけではありません。畜牛品評会と評されるデビュタントの舞踏会では、エスコート役として若い男性と出席しなくてはなりません。それが嫌だったのです。問題は、十八歳の誕生日まで男の子に関して悪運続きだったこと、もしくはまったく縁がなかった状態だったことです。私が一目惚《ぼ》れする男の子は、私よりももっと女の子らしい女の子を見つけていることがしばしばありました。当時、自分の依り処《どころ》があるとしたら、それは運動選手であるということだけ。私はラムソンカントリー学校時代、フィールドホッケーチームとバスケットボールチームのキャプテンを務めていました。俊足の陸上選手で、卒業生を交えた体育祭では男子チームに入って、父親たちと競い、勝利をおさめました。しかし男女交際には、これはまったく役に立ちません。男の子に関する、私の唯一にして最大の成功は八年生のとき、同じ学年のルイス・ティモレーの関心を引き、彼にキスを許したことでした。

そして高校を卒業するまで、誰かとキスをしたのはそれが最後でした。

ですから、私には一九六一年九月にシーブライト・ローン・テニス・アンド・クリケット・クラブのラムソン・デビュタント・ホールで開かれたニュージャージーのデビュタントに連れて行くボーイフレンドがいませんでした。仕方なくミス・ポーターズ校の友達のお兄さんたち二人に頼みました。彼らは優しくエスコート役を引き受けてくれました。その夜、彼らは常に完璧な紳士でした。だから二人の最優先の課題がそこにいる他の女の子と知り合いになることだったのもショックではありません。私はプリンストン大学に通う兄の同級生も二人招待していましたが、彼らは最初から私を妹のように見なし、一晩中私を放ったらかしにしていました。この夜のことを今思い出すと、恨みよりも困惑の気持ちが先立ちます。しかし当時はこの小さな侮辱が私を傷つけました。その夜は暑く、湿度が高くて不快な夜でした。そして私の気持ちが失望に支配されていたのを今でも覚えています。

マンハッタンでの私の社交界デビューはその三か月後、プラザホテルのグランドボールルームにあるジュニア・アセンブリーズで実現しました。そのときのエスコート役は兄のジョシュでした。白いタイとタキシードを身につけたジョシュの姿はとてもかっこよく、彼がすべての女の子と踊るのは確実に思えました。ただし私以外の。ジョシュが兄らしい完全にふざけた様子で私と踊ってくれた思い出が、その後自分を慰めてくれました。しかし彼は私の背後で五ドル札をちらつかせ、他のダンスのパートナーが割り込んで自分の手から私を連れ去って行くように誘っていました。

こういう経験、ひいては私をこのような状態においた母に対して、自分が反抗しなかったことには驚きます。でも疑問をぶつけたり、抗議したりするのは私らしいことではありませんでした。家族の期待に応える、従順な娘だったのです。

この時期に、私が男の子たちとまったくうまくいかなかったのにはたくさんの理由がありました。まず一つには私の身長が一七五センチもあったことが挙げられます。私は恋の相手になりそうな男の子たちの大部分よりも背が高かったのです。そしてとても痩《や》せていました。多くの背の高い女の子には、成熟する前の段階に不格好になる死角のような時期があります。元気よくおどけてみせる女の子になるか、それとも単なる間抜けになるかの罠《わな》にかかってしまうのです。十五歳のときの私がそうでした（これは、自分の腕と脚にちなんで自分に「モンキー」というニックネームをつけていた理由でもあります）。

もう一つの理由は、十五歳のときにミス・ポーターズ校に入学したことでした。女子校に通うことで男の子と知り合うのが難しくなったのは間違いありません。学校にいた二百二十人の女の子たちは、修道会に入るまでもなく世間から隔離されていました。私がそこの学生だった一九五八年から六一年はアメリカの暗黒時代の一時期でしたが、日曜日の午後以外に学校の近くに男の子が来ることはありませんでした。そしてそのときでさえ、女の子はその男の子を「訪問者」として一週間前に申請しなくてはなりません。男の子と訪問日を調整するのは手紙で行う必要がありました。私たちには電話をかけたり、受けたりすることが許されていなかったからです（週に一度、両親とだけ電話で話すことができました）。訪問者は学校に到着すると、制服警備員が訪問者の名前が名簿にあるかどうかを確認します。それが終わると、女の子と訪問者はグンディループと呼ばれる一マイルくらいの周回路を歩くことしかできず、足を止めることも、手をつないでから次にするふしだらな行為も禁じられていました。カップルの関係の強さは、二人がどれくらい長い距離を歩くかで測ることができ、一番情熱的なカップルは四回か五回、ループを回っていました。その散歩が終わると、女の子は訪問者を校長先生の家に連れて行き、お茶を飲むのが義務でした。そして男の子たちは、グルートン校やディアフィールド校、タフト校など名門私立校の自分の部屋に帰っていくのでした。

私たちのキャンパスに入るのに、こんな気の遠くなるような、大きな労力を要する手続きが必要であり、実際に訪問しても行動が制限されていることを考えると、私たちの学校に来たがる男の子がいたのが不思議です。また到着したときに彼らが目にするのはきれいに着飾った女の子ではありません。私たちは全員同じような服装をしていました。正式な制服ではないのに、みんな、男の子用のボタンダウンのシャツにカーディガン、ウールのキルトのスカートに膝丈のソックスという格好をしていました。靴は頑丈に作られた、皮のフリンジ付きの茶色のアバクロンビーのひも靴でなければなりませんでした（注一）。身につけていた装飾品は標準的な一式――髪を止めるバレッタ、金の輪のピン、パールのネックレスだけでした。お化粧どころか、口紅すらつけていません。そのため町の人は日曜日に教会で私たちを見かけると、その顔の青白さにインフルエンザにかかっているのではないかと恐れたほどです。

私はミス・ポーターズ校にすぐには慣れることができませんでした。最初の半年、ホームシックにかかり、学校にやってくる車を窓から見て、その一台が私を家に連れ帰るためにきた父であることを祈っていました。寮ではなく、大きな家に住んでいたことも助けになりませんでした。ニュージャージーを離れたことを私に思い出させ、ホームシックを悪化させるだけでした。クラスメイトたちに私は怖じ気づいてもいたのです。特にニューヨークからきた子たちは賢く世慣れていて、大人びていました。クラスメイトは、私のような新入生を含めみんなに親切に、礼儀正しく接するように訓練されていました。もし私を脅かすものがあったとすれば、それはすべて私の臆病な心の中にあったものでした。ラムソンカントリー学校にいた頃の私は、運動のスター選手でした。しかしミス・ポーターズ校では、もう一度すべてをやり直さなくてはなりません。その頃の私は、物事を好転させるための良識を持ち合わせていませんでした。そこで過ごした半年間でわかったことは、不安で寂しくて自分に自信がないということだけ。人生で初めて、私はどこにも居場所がないように感じました。

この芽生えかけの自尊心の問題に、決して珍しくはない方法で対処しました。食べるのをやめたのです。ニュージャージー州にいた頃、知っていたある女の子の姿が頭から離れなくなってしまいました。その女の子は三か月間寄宿学校で過ごした後、クリスマスの休暇に三〇ポンド太って家に帰ってきたのでした。私はそんな女の子になりたくありません。そう不安を覚えれば覚えるほど、自分がそうなるという考えがますます強迫的になりました。私は鏡の前で長い間過ごし、太ってきていないか心配していました。そして、固ゆで卵の白身だけを食べて生きていました。

卵のカロリーはすべて黄身に含まれると何かで読んだからです。その結果、私はクリスマスのときよりも三〇ポンド軽くなって春休みに家に戻りました。

母はどんなに恐かったことでしょう。そのときの私はまさに骸骨《がいこつ》のようでした。母はすぐに、ニューヨークで医者をしている友人のところに私を診せに行きました。医者は尊大な態度はまったく見せず、なだめるような口調で説明してくれました。拒食症という言葉が出てきたかどうかは覚えていません。彼は、私にはこれらの問題に対処する力があり、事態をコントロールできると言ってくれました。心も体も傷ついていましたが、そこは理解できました。

私は実家で精神的に回復し、その学年を終えるために学校に戻りました。食事をするようになり、クラスメイトを競争相手ではなく友達として見られるようになりました。そして自分がみんなに決して引けを取っていないと感じるようになりました。残りの二年間、私は勉強に集中し、プレイヤーズ（演じる人々）と呼ばれる演劇部と、マイオピアン（近視の人々）という名前の読書クラブ、そしてサルマガンディの課外活動に力を注ぎました。サルマガンディではスタッフを管理し、新聞を発行日にきちんと出すという責任を負いました。

一九六一年に卒業したとき、私がクラスの投票で「二年生のときから最も変化した人」と認定されたのには納得できました。でも二人のクラスメイトが「最初の女性大統領」に私の名前を挙げたのにはとても驚きました。

母校の教育と他の一流校の教育に差があるとしたら、私たちのほんの一握りしか、卒業するときに仕事に就くことを真剣に考えていなかったことでしょう。代わりに、結婚して家族を作ることを母校は待ち望んでいました。私は学校を責めません。単にそれが当時の役割だったのです。マサチューセッツ州ノートンにある、当時は女子のための教養大学だったウィートン大学の一年生として次の段階の勉強を始めたとき、私は定期的にお給料をもらえる人生に備えているとは思えませんでした。友達と同じように、いい家ではあるけれど自分とさほど違わない家柄出身の若い男性と結婚するのを楽しみにしていました。正直な話、私はそれまで男の子に縁がなかったので、おどけてひょうきんに振る舞う時期は脱していました。希望が持てる状態だったのです。

そのときの自分のスナップ写真を見ると、背が高く細身で、ようやく自信を取り戻した運動好きな女の子が写っています。私は男の子に対して恥ずかしさを覚えることなく、気軽に話をして面白半分に彼らの気を引いたり、それをかわしたりすることができるようになりました。ただ、私に必要だったのは、私を理解してくれる人でした。

これが一九六二年に、列車の窓からワシントンD.C.に向かう道をじっと見ていた私です。教育を受けて精神的にも落ち着いていましたが、無垢《むく》でうぶで性的な経験もありませんでした。そして世慣れていない十九歳がみんなそうであるように、自分に影響を及ぼさないものに無関心でした。混みあって蒸し蒸しする列車ががたごとと音をたててフィラデルフィアとボルチモアを進んでいく間、私が一番心配していたのは、お気に入りのワンピースが汗でぬれていること、そして仕事の初日に着ていく他の服を見つけなくてはならないということでした。母が通信販売で買った、アイロンをかけなくてもすむワンピースを二着入れてくれていることがわかっていたので気は楽でした。夏のワシントンは沼地のような気候でした。その服は仕事に着ていくのにふさわしいものになるはずでした。

言い換えれば、私がこの世の中で心配しているのは何を着ていくかということだけだったのです。

電車がワシントンのユニオン駅に着くと、私はスーツケースを歩道の縁石まで運び、タクシーを拾って友達のウェンディ・ギルモアと一緒に住む家に向かいました。ウェンディは家族ぐるみの友達で、国務省で働いていました。家はバンガローに近いものでしたが、ジョージタウンの中心部のオー街にありました。

二十五歳のウェンディは、妹であるかのように歓迎してくれました。着いた日の夜は夕食を一緒に作り、地図を見てホワイトハウスまでの一番便利なバスの行き方を調べました。私は仕事のことで緊張しているのを見せないようにしていました。ホワイトハウスで働くことの魅力についても、このインターンシップで履歴書にどれほど輝きが増すかについても考えていません。私はただ時間通りに着き、ちゃんと仕事ができるかどうかだけを不安に思っていました。両親に電話をかけ、無事に到着したことを知らせると、私は早めに寝ました。

翌朝、アイロンをかけたばかりのマドラスチェックのワンピースにフラットシューズという格好で玄関の短い階段を駆け下りました。運転手に「ペンシルバニア街の一六〇〇番地までお願いします」と告げるスリルを味わうためだけに、タクシーに乗ろうかと考えました。でも、馬鹿げた考えはすぐに消え去りました。私はポケットのお金に手をつけずに、角を曲がりホワイトハウスまでのバスに乗りました。

（注一）ミス・ポーターズ校で、私は初めみんなと同じサドルシューズを持っていませんでした。それは私に滑稽なほど大きな精神的な痛みを与えました。いつも周りを細かく観察していた母はそれを見ていたに違いありません。二年生のときのクリスマスにアバクロンビーのサドルシューズをもらいました。それは十代を通して、特にうれしかった特別な出来事の一つでしたが、計らってくれたのは母でした。当時も今と同様、靴は多くの女性にとって妄想を起こさせるほどの信仰対象でした。私もそれから逃れられなかったのです。

第三章

「ミミ・ベアードスレイです」西通用門で私は警備員に名前を告げました。私は自分をプロに見せようと必死でした。

彼は名簿をチェックしました。

「たぶん……、マリオン・ベアードスレイだね？」彼は尋ねました。

「はい、そうです」

「通ってください」彼は言いました。門をくぐり、ほっとしてため息をつきました。バスに乗っている間、このインターンシップが何かの間違いか残酷な冗談でホワイトハウスに入るのを門で止められるだろうと自分に言い聞かせているうちに、すっかり困惑していました。これは十代の女の子特有の不安でした。その年代はときどき自分が犯罪者か、自分にふさわしくない場所への侵入者であるような気持ちになるものなのです。

でも門を通過できた安心感は長く続きませんでした。次の挑戦は迷子にならずに、プレスオフィスを見つけることでした。私は西棟の正面玄関への道を進み、ホワイトハウスに入りました。受付のホールには記者たちが大統領執務室から出てきた要人に話を聞くチャンスをねらってぶらついていました。でも、そんな機会はめったにありません。私はホールを通り過ぎ、足を止めました。どちらに行けばいいのかまったくわかりませんでした。警備員に尋ねると、彼は左に向かう短い廊下を進むように微笑んで教えてくれました。

私はプレスオフィスでフィドルが迎えてくれることを期待していましたが、彼女の姿は見えませんでした。それどころか、最初に会ったのは報道官のピエール・サリンジャーでした。彼はぶっきらぼうに自分のオフィスに入ってくるように手招きしました。まだ三十六歳だったのに、サリンジャーはすでにワシントンでは目立つ存在であり、同時にメディアの寵児《ちょうじ》になっていました。彼は大統領選の頃から、ケネディ大統領の報道官を務めており、ホワイトハウスでも当然のように同じ役割に就きました。彼は背が低くややお腹が出ていて、ほんの少しだけ服装にこだわりを持っていましたが、全体としては優雅というよりしわくちゃという印象でした。

だいたいいつも片手にタバコを、反対の手には新聞を持っていました。アイヴィーリーグを卒業した人特有の堂々とした態度も、ケネディの側近であることを示す洗練された控えめな振る舞いも、彼は持ち合わせていませんでした。でも文化的な教養があり、生まれ育ったサンフランシスコではピアノの神童として知られていました。そして都会で生き抜くための知恵も持っていました。ケネディ大統領が頭の回転の早さでマスコミを味方にするのに感銘を受け、それまでどの大統領も勇気がなくてできなかった、テレビでの生放送の記者会見をやるように強く勧めたのはサリンジャーです。そのときは報道官でした。以前は反抗的なホワイトハウスの報道陣を監督し、ときどき起きる騒ぎを収拾することが仕事でした。

サリンジャーの声は美しいバリトンで、ドアや壁でもさえぎることはできません。彼が部屋の中を行ったり来たりしながら、空中に腕を振り上げてデスクの横に立っている二人の男性に吠えるような大声で指示しているのがはっきりと聞き取れました。二人の男性もサリンジャーと同じように細身のグレーのスーツと白いシャツを着て、細いタイを締めていました。後に、彼らが報道官補佐官のマルコム・キルドフとアンドリュー・ハッチャーだということが判明しました。サリンジャーは新しく来た夏休みのインターンだと私を紹介してから二人を追い払いました。

彼は私のほうを向き、当面の仕事を説明しました。

「テレタイプの機械が見えるかい?」。彼はバスルームの扉を開け、私を中に導き入れました。

それまで私はテレタイプの機械を見たことがありませんでした。そして私はなぜ四台のテレタイプがバスルームにあるのかと当惑しました。二台は壁際に、もう二台はバスタブの中にありました。テレタイプはにぎやかな音をたてながら、AP通信社や合同国際通信社（UPI通信社）、フランス通信社やロイター通信社から送られてくる記事を常に紙に吐き出し続けていました。

「うるさい音のせいだ」なぜテレタイプがバスルームにあるのかという私の疑問を察して、彼は言いました。

それから彼はオフィスの壁にかけられた一式のクリップボードを指し、床にテレタイプの紙が流れ出す前に、長い紙を一フィート（約三〇センチ）の長さで切り、束にして、通信社ごとにボードについたクリップに挟むようにと指示しました。それが私の仕事でした。

そして最後に、彼のことはピエールと呼ぶようにと指示しました。

「あとは他の女の子たちが説明するよ」彼は私を解放しながら言いました。

彼の言う「女の子たち」とは彼のオフィスの外にあるオープンスペースにいる秘書たちのことでした。大部分が三十代の、意欲的で真面目な女性たちでしたが「女の子たち」と呼ばれることに何ら問題も感じていませんでした。正直に言って私もそれを問題にしていませんでした。フェミニズムという言葉はまだ私の語彙《ごい》の中になく、このような力関係は当然のことでした。男性が監督し、女性はその補佐をするものだったのです。

ピエールの主任秘書であり、事実上、オフィスの女性スタッフのリーダーだったクリスティン・キャンプが引き継いで、ホワイトハウスの手引きをしてくれました。私はその後三十分かけて雇用関連の書類を書きました。それは税引き前で週六十ドルのお給料をもらうために必要なものです。それからクリスティンはプレスオフィスのドアを入ってすぐのところにある、ありふれた灰色のデスクに案内してくれました。「これがあなたの席よ」。その横には、不格好な灰色のレミントンのタイプライターと、デスクには私が使う電話が置いてありました。普通の黒い、ダイヤル電話で、土台の部分には点滅する六つのボタンがついていました。オフィスで働いた経験がまったくない人――それまでに経験した仕事はベビーシッターと母親の手伝いだけでした――にとっては、まったく新しい可能性を持つ世界が開けたような感じでした。自分専用の席、自分専用のタイプライターを、しかもホワイトハウスのプレスオフィスで持つと思うと、突然自分が成功したように感じました。私は普通に振る舞おうと懸命に努力しましたが、これは普通のことではなく、すべて信じられないくらい興奮させてくれることでした。

プレスオフィスの中で自分が一人きりではないと感じられました。周囲の人たちは、活動的でありつつも、くつろいでみせるというトリックを手際よくこなしているようでした。そして何か特別なものの一部になる喜びで輝いているように見えました。その気分はすぐに私にも押し寄せ、おそらく人生で初めて、特別な高揚する気持ちがしてきました。目的意識を感じ始めたのです。

クリスティンは、プレスオフィスにかかってきた電話を取ることも私の仕事の一つだと説明し、電話の応対には、ある技術が必要だと教えてくれました。例えば、まずサリンジャーはオフィスで何時から記者会見を始めるのかというような、決まりきった記者からの質問に対しては、自由に答えてかまわない。しかし政策に関する説明を求める記者からのものや、言葉の引用を確認するためにかかってきたものなど、少しでも実のある質問であれば、もっと上級の職員にすぐに取り次ぐのです。私は六つの点滅するライト——ひっきりなしに鳴る六本の回線——のどれもうまくさばくことを学ばなくてはなりませんでした。それはロケット工学ほど複雑ではないものの、電話のシステムをマスターするまでの最初の数日、私は夜、よく眠ることができませんでした。

プレスオフィスには全部で九人のスタッフがいました。そのうちの七人は狭いオープンスペースに押し込められ、サリンジャーは広々としたオフィスでくつろいでいました。彼のオフィスには二つのドアがあり、一つは私たちのいるオープンスペースに通じ、もう一つは大統領執務室への廊下に面していました（後日、私はピエールの回顧録『ケネディと共に』を読み、大統領が夜、ときどき執務室から私たちの部署にやってきて、デスクの間を歩き回っていたことを知りました。大統領には勝手に本や書類を借りていく癖があり、サリンジャーはそれらを大統領のナイトテーブルの上から取り戻していたそうです）。オフィスの空気は非常に開放的で、人数の少ない部署だったため、やるべきことのすべてが気楽な雰囲気でした。サリンジャーの仕事は非常に慎重に扱うべき性質であるにもかかわらず、仕事をするとき彼はめったにドアを閉めませんでした。そのため私は、バスルームで鳴っているテレックスのベルを聞くことができました。UPIのような通信社は重要なニュースを送ってくるときにはベルで知らせました。四回は緊急、五回は定期配信、十回は最も重要なニュースの知らせでした。ベルが鳴ると私はぱっと立ち上がり、通信社からのニュースが打ち出された紙をサリンジャーのために集めに行きました。

「女の子たち」の年功序列は彼女らの席とサリンジャーのオフィスまでの距離でわかりました。私は一番新人だったので、彼のオフィスから一番遠く、ドアのそばでした。フィドルの親しい友達であるジル・コーワンのデスクは私の向かい側にありました。ジルの肩書きは秘書でしたが、彼女の直接の上司が誰なのかは最後までわかりませんでした。

トルーマン政権時代からずっとプレスオフィスにいるヘレン・ガンスはサリンジャーのオフィスを出たすぐのところに座っていました。私の上司であるクリスティン・キャンプの席は、文字通りサリンジャーのオフィスの中にありました。オフィスの中には壁に沿って、ぎっしり詰まった小さなファイル用の棚と書架が置かれていました。左側にはもう一つの部屋に通じるドアがあり、その部屋はアンディ・ハッチャーとマック・キルドフ、そして彼らの秘書のバーバラ・ガマレキアンとスー・モーテンセン・ヴォゲルシンガーが使っていました。

サリンジャーは一日に二回、彼のオフィスで記者会見を開きました。記者たちが殺到するため、そのときのオフィスは満員電車の雑踏さながらでした。サリンジャーはそれを通勤時間帯のぎゅうぎゅう詰めのニューヨークの地下鉄のようだと表現するのがお気に入りでした。オフィスは途方もないエネルギー、常に急ぎ、同時に起きているたくさんの出来事を完全に把握しようとする意志に満ちていました。みんなが一生懸命仕事をしていました。プレスオフィスは信じられないほど活気ある職場でした。賢く頭の切れる人たちであふれ、まるでぶんぶんと音をたてるミツバチの巣のようでした。

二日目、私は昇進しました。バーバラ・ガマレキアンがプレスの写真ファイル担当にしてくれたのです。法案に署名が行われているとき、大統領の執務室に報道カメラマンを案内し、その写真が実際に新聞に印刷されたときにつける説明書きのために下院議員や上院議員、イベントに出席している他の特別ゲストの名前を確認するのがバーバラの仕事の一つでした。しかし仕事がたまっていた彼女は助けが必要でした。「忙しくてファイルを分類している時間がないから、ごちゃごちゃになってしまっているの。やってくれるかしら?」

私はためらわずに承諾しました。ついに私のできる仕事が現れたのです。学校新聞のサルマガンディで、私はファイル作業と資料を参照するプロでした。バーバラは夏休みのインターンシップを管理する、昔からの伝統の方法に従っていました。今の私ならわかります。親切そうに微笑み、自分のやりたくない、退屈でつまらない手間のかかる仕事をインターンに押し付けるのです。

でも気にしませんでした。写真を全部見て、大統領と一緒にポーズを取っている人の名前を覚えるのが好きでした。大統領が毎日の仕事の中で、写真を撮られる機会が多いことに驚きました。プレスオフィスでは、男性は上着を脱ぎシャツの袖をまくり、みんな互いにファーストネームで呼び合っていました。そのざっくばらんな雰囲気はホワイトハウスのいたるところで見られ、それは正門であっても同じでした。今のホワイトハウスにある門を塞《ふさ》ぐセメントのバリケードはどこにもなく、ペンシルバニア街にある門を車が通り抜けることもできました。ホワイトハウスも、その中にいる人もみんな、当時はもっと近づきやすい存在でした。

初日、ジルと私は近くのコーヒーショップのカウンターに座り、卵サラダのサンドイッチを食べながら職場の人たちのことを話しました。政治や政府のことは一切話しませんでした。そのときの私たちは執務室から一〇メートルしか離れていないところで働いている人間ではなく、首都を歩き回っている観光客のように見えたかもしれません。

しかし、雰囲気がざっくばらんで気の置けないものであっても、私は違いました。きちんと仕事ができるか不安を感じ、失敗を恐れていました。初日に昼食をとっている間に通信社のニュース配信が大量の紙を吐き出してサリンジャーのバスルームの床に流れ出し、クビになるのではないかと想像し、ちょっとしたパニックに襲われました。サンドイッチの最後の一口を食べ終わると、急いで帰らなくてはとジルを説得しました。私は来年もまたインターンに呼ばれるような職員になりたかったのです。

最初の数日は考えられる最高の形で過ぎ、とても忙しく疲れ果てるものでした。ケネディ大統領はアドルフォ・ロペス・マテオス大統領との会談のためにメキシコを訪問する予定で、プレスオフィスは後方支援をしていました。誰が先発隊として出かけるか、誰が大統領に随行するかを決め、宿泊場所や臨時のプレスオフィスを作る場所を手配するのが後方支援の役目でした。

記者たちがひっきりなしに出入りし、私のデスクの前を通りすぎるときには、新人にもかかわらず会釈で挨拶をしてくれました。ジルはそのうちの何人か——UPI通信のメリマン・スミス（彼はその後、ケネディ大統領暗殺の報道でピューリッツァー賞を受賞しました）、タイム誌のホワイトハウス担当だったヒュー・シドニーらに私のことを紹介してくれました。彼らはいつもプレスオフィスの近くにいてちょっとしたニュースを欲しがったり、インタビューさせてくれるように頼んだりしていました。

プレスオフィスのスタッフのお気に入りはNBCのサンダー・ヴァノカーでした。彼はとてつもなく魅力的で、定期的にスタッフの前にシロップをかけたドーナツの入った箱を積み上げるのです。学校新聞の編集者をしていた女の子にとって、彼らのような男性たちは英雄です。

ホワイトハウスのスタッフたちも、プレスオフィスに出入りしていました。私はそのうちの一人、ウェイン・ホークスのことを覚えています。彼は記者やスタッフのための交通手段の手配を担当していて、メキシコ訪問の準備のための会議の後、私のデスクに寄りました。私がニュージャージー州出身であることをすでに知っていた彼は、第二次世界大戦中、私の住んでいた農場からほど近いフォート・モンマスで士官訓練に参加したことを話してくれました。私たちは座って、ニュージャージーについておしゃべりしました。

それからしばらくしてニューアーク・イブニング・ニュースの「ワシントンの小話」というコーナーに、私たちが話をしていたことが書かれているのを読み、びっくりしました。母はその小さな記事を切り取り、家族みんなに送ったほどです。「スリーピー・ホロー・ロード出身のミミ・ベアードスレイは、ホワイトハウスの報道官ピエール・サリンジャーのオフィスを華やかな雰囲気にしている」と記事には書いてありました。私にはこの先、中間選挙か、大統領が二期目に出馬したときにニュージャージー州のモンマス郡の票を集めるための一つの試みとして、ウェイン・ホークスが記者の一人に話を吹き込んだとしか推測できませんでした。

正門の警備員から出張担当のオフィスの人までみんなが、正式に紹介されていなくても私の名前を知っていることに驚かずにはいられませんでした。それは入会審査もないままエリートクラブの会員権を与えられたようなものでした。インターンではありませんでしたが、私はすぐにホワイトハウスの一員になったような気持ちになりました。今振り返ってみると、それが初日の記憶の中で思い出せる一番大きな感慨です。私にはそこに自分の居場所があるように感じられたのです。

第四章

ホワイトハウスで働くようになって四日目になると、テレタイプの仕事にかなり慣れてきた感じがしました。十回ベルが鳴るニュースの受信に対応できなかったり、床が紙だらけになったバスルームに足を踏み入れたりすることを不安に思うあまり、夜中に目が覚めることもなくなりました。その午前中、お昼休みの直前に一束分の紙を切っているときに、電話が鳴りました。急いで席に行き、電話を取りました。

「泳ぎたくない？」電話の向こう側で男性が尋ねました。

「どなたですか？」その声に聞き覚えはありましたが、尋ねました。

「デイヴ・パワーズだよ」

デイヴは大統領の側近中の側近でした。私はその前日に彼に会っていました。ジルが廊下で彼を呼び止め、私を紹介してくれたのです。彼は笑みを浮かべ、とても陽気な態度で、私を長らく音信不通だった友達のように歓迎してくれました。出張担当のウェイン・ホークス同様、彼も私がニュージャージー州出身であることが地政学的に重要だと考えているようでした。そして私に関することはすべて知っているということをわざわざ教えてくれました。私に二人の兄弟と二人の姉妹がいることに触れ、「たった五人の子どもたちがいるだけでは、ベアードスレイ家は善良なカソリックの一家としての資格がない」とふざけて宣言しました（私たち一家が監督派教会のメンバーであることを無視しました）。彼自身はアイルランド系のカソリック教徒で、子どもは三人だけでした。ですから彼は、私たち一家よりもさらに大きく期待から外れていることを自ら認めていました。私たちの出会いは冗談めいたものでしたが、私をいい気分にさせるような家族と私自身への関心、たくさんの子どもを持たなかったことに対する自虐的なユーモア、私たちの間には何か共通点があるという親密さにあふれた態度によって印象深かったのです。そのため一度しか会ったことはないのに、その声を覚えていたのです。

そして今、デイヴは電話をかけてきて、真っ昼間に泳ぎに行きたいかとホワイトハウスで尋ねているのです。

泳ぎ？

まずするべきだったのは、この誘いが倫理的に正しいことなのかを尋ねることだったと思います。デイヴは私の人生を細かく知っていたかもしれませんが、私個人のことは知りませんでした。水泳は友達や家族と一緒に行くものであり、知らない人と水着姿で水に飛び込んだりはしません。もちろん新しい職場でするようなことでもないはずです。

このことを慎重に考えるべきだったのに、私はそうはしませんでした。今にして思うと、私はバランスを失っていたのです。「どこで泳ぐのですか？」というのが、まずデイヴに対する返事でした。私が困惑していたことがこの返答によく表れていると思います。私はホワイトハウスにプールがあるとは知りませんでした。デイヴは、プレスオフィスから一〇〇ヤード（九〇メートル）ほど離れたところにあると断言しました。

私の次の返答は前のものよりも重要な点を突いていました。「着るものがありません」

「それは心配しなくて大丈夫だ」デイヴは言い、そして付け加えました。「他のスタッフも二人いるはずだ。水着もたくさん用意してあるから君は自分に合うのを選べばいい。数分以内にプレスオフィスに寄るから、一緒に歩いて行こう」

彼は、まるで事が決まったかのように電話を切りました。

私はその誘いに混乱しながら、しばらく受話器を見つめ、もとに戻しました。そして助言を求めてジルの席を見ました。「これは普通のことなの？」私はそう尋ねたかったのです。「よくあることなの？」でもジルはそこにはいませんでした。私は両親のことを考え、今経験しているすばらしいことをどう頭にまとめておくべきだろうかと思いました。そうすれば後で二人に話ができます。私は今自分がここにいることをとても幸運だと思いました。その夜、両親に電話をかけてホワイトハウスで泳いだことを話したときの二人の驚きを想像したほどです。

しかし、私が電話をかけることはありませんでした。

デイヴはすぐにプレスオフィスにやってきて、私を案内してくれました。ローズガーデンを区切っている屋根のついた柱列を歩き、室内プールまで行く間も、陽気に話し続けました。デイヴはもう一度、私が決して一人きりではないと言いました。彼はこの状況――真っ昼間によく知らない若い女性とこっそり泳ぐということを不自然に感じているようには見えませんでした。

デイヴの正式な役職は大統領特別補佐官であり、非公式には〝ファーストフレンド〟として知られていました。彼と大統領は、一九四六年に大統領が連邦議会に初立候補したときの選挙戦からの仲でした。その選挙では裕福な候補者だったケネディを、ボストンのブルーカラーの選挙民たちと結びつけるのにデイヴのすぐれた交渉能力が役立ちました。彼はケネディ上院議員とともにワシントンD.C.にやってきました。そして議会での三期の間、そばを離れず、今や自由主義世界のリーダーであるケネディ大統領の側近を長らく務めてきたのです。ニューズウィークは彼のことを、褒め言葉ではなく「手に負えないレプラコーン（アイルランドの妖精）」と称していました。デイヴは茶目っ気たっぷりな魅力を大統領の好きにさせていました。彼以上に大統領に忠実な人も、虜になっている人もいませんでした。初めて西棟を周ったときのケネディ大統領のことを、デイヴは不思議の国のアリスにたとえています。「大統領は私より三メートルも背が高いように見えた。そして日々成長しているようだった」

大統領の許可を得たデイヴは、ホワイトハウス内で自由裁量権を持っていました。彼はどこにでも行けたし、何でも言えました（彼は無礼なことで有名でした。イラン国王が大統領執務室に入るとき、国王の肩をたたいて、「あなたが私のお気に入りの国王だっていうことを知っておいてほしいんだ」と言ったのはデイヴでした）。いずれにしても、大統領を幸せにするのがデイヴの仕事でした。

プールの入り口につくと、フィドルとジルが突然隣に現れました。二人がこの水泳に慣れているように見えたので、とたんに気が楽になりました。一年前にホワイトハウスを案内してもらって以来、フィドルに会うのはそれが初めてでした。インターンシップとしてここに来たとき、私は彼女と親しい友達になりたいと思っていました。でもフィドルは私より四歳年上でした。これは私のような女子大学生にとっては、ほとんど世代が違うと言ってもいい年齢差でした。

私は、彼女たちが更衣室に入っていくのについていきました。そこにはデイヴが約束したように一ダース以上の水着がかけられています。水着は綿のシンプルなワンピースタイプで、胸元部分の布がギャザーになり、ボクサーショーツのスタイルになっていました。誰の水着なのか、それとも公共物として置いてあり、泳ぎたいと思った誰かがこれを着るのだろうかと、不思議に思いました。フィドルとジルはそんな疑問で時間を無駄にしていません。すぐに服を脱ぎ、素早く水着に着替えました。二人の意気込みが伝染し、私は手に触れた最初の水着を身につけました。ぴったりというわけにはいきませんが、水に飛び込んでも脱げる心配はなさそうです。

プールは現在のプレスオフィスと記者会見室のちょうど真下にあり、ずっと以前に作られたものです。熱帯の島を模してデザインされた完全なオアシスでした。プールを取り囲む三面の壁には、床から天井まで、アメリカ領ヴァージン諸島の一つ、セントクロイ島の風景が描かれていました。風にそよぐヤシの木とターコイズ色の水面を風を受けて進む帆船の絵です。この壁画はケネディ夫人の提案により、大統領の父ジョセフ・ケネディが贈ったものでした。残る一面の壁は鏡張りになっていたので室内はとても広く感じられ、人工的な暖かさと太陽に包まれていました。鏡の前を通ったときに、水着を着た自分の姿をちらりと盗み見ました。安心の波がどっと押し寄せてきました。私の体は肉感的ではありませんでしたが、少なくとも姿勢はとてもよく、長い脚が背の高さと体の細さを強調していました。

デイヴ・パワーズも一緒に加わりました――ほとんど加わったようなものでした。彼は靴を脱ぎ、ズボンをまくり上げてプールのふちに座り、水の中で足をばたばたさせていました。私は一刻も早く気分をすっきりさせてくれる冷たい水を感じたくて仕方ありませんでした。そして、すでに水に浮かび、おしゃべりをしながらくすくす笑っているフィドルとジルの仲間に加わりたい一心で、私は思い切りよくプールに飛び込みました。しかし、水は気分を爽《さわ》やかにしてくれるものではまったくありませんでした。生温かく、バスタブに張られた水のようでした。後になって、大統領が慢性的な背中の痛みを和らげるために水温を常に摂氏三十二度に保つよう強く求めていたことを知りました。フィドルとジルと一緒に水の中を歩きながら、プールサイドにあるサンドイッチと飲み物が私たちのために用意されたものなのかを二人に尋ねていたそのとき、大統領がプールにやってきました。私はそう記憶しています。

大統領はプールの中にいる私たち三人を見下ろしていました。彼はハンサムで日に焼け、スーツとタイを身につけていました。

「一緒に入ってもかまわないかい？」

常に自信たっぷりのフィドルが答えました。「もちろんです、大統領」

大統領は更衣室に消え、数分後、黒っぽい水泳パンツを着て再び現れました。四十五歳の男性にしては彼の体はとてもたくましく、お腹は平らで腕は引き締まっていました。フィドルとジルは大統領が来ても驚いているようには見えませんでした。二人にとって真昼の水泳はありふれたことで、おそらく私が思ったほど奇妙なことではないのだと確信しました。

大統領は水に滑り込み、私の横に浮かびました。

「君がミミだね？」

「はい、そうです」私は言いました。「ミミ・ベアードスレイです」

「君はこの夏、プレスオフィスにいるんだよね？」

「はい、そうです」

「ピエールは親切にしてくれてるかい？」

「はい、大統領。とても優しいです」

「どんな仕事を頼まれているの？」

通信社から送られてくるニュースを集め、電話に応答し、報道写真を整理していることを話しました。

「その仕事に面白いものがあることを祈るよ」彼は言いました。「夏の間に住むのにいい家はあるのかな？」

「はい、大統領。ジョージタウンに住んでいます。ルームメイトは国務省で働いています」

「そうかい。会えてよかったよ、ミミ」彼はそう言うと、フィドルとジルのところに泳いでいきました。

　私はその後少しの間、自分が何をしているのかよくわからないままプールをぐるっと周り、泳いで反対側のふちに行き、しばらくデイヴと話をしました。大統領が水から上がると、デイヴはそれを水泳の時間が終わった合図と見なしました。私は食べ物のトレイから急いでサンドイッチを取り、一口食べました。プールで遊んでいる間にお昼休みは終わってしまったからです。濡《ぬ》れた水着を着替え、デスクに戻りました。

　プレスオフィスには政権が発足した初日からずっとホワイトハウスで働いている、結束の強い女性たちの一群がいました。その狭い空間の中で、私が今してきたことがどう見えるか気になり始めました。突然の自意識過剰。どこに行っていたのかみんなが知っていて、容赦のない非難の目で見ているように感じられました。見当をつけるのは難しくありません。私の髪は濡れ、塩素の匂いがしました。私が泳いでいたことは明らかです。でも同僚は誰一人として、そのことを言いませんでした。私も言い出しませんでした。

　大統領と特別な接触を持つことは、プレスオフィスの同僚に好かれる理由には決してなりません。ホワイトハウスでは、どの程度大統領と接点があるか、もしくは大統領に名前を覚えてもらっているかで、その人の地位がほぼ測られるのです。例えばバーバラ・ガマレキアンは選挙当初からケネディ大統領のために働いていたこと、そしてホワイトハウスで働き始めてから一年半経って初めてケネディ大統領に名前を呼ばれたと言っていました。彼女は、ジョン・F・ケネディ図書館のオーラルヒストリーの中でこう語っています。「私はピンクの雲の上に浮かんでいるような気持ちでオフィスに戻ったのを覚えています。私はみんなに言いました。〝大統領が私の名前を覚えていたのよ！　大統領が名前を覚えていたのよ！〟」。

夏休みのインターンでしかない私が、長く大変な大統領選での仕事を務めたうえでホワイトハウスで憧れの仕事を手に入れたキャリアウーマンを飛び越し、先頭に躍り出たのです。私はうつむいて口を閉じ、何ごともなかったかのように自分の仕事に取りかかりました。

その日の午後、またデイヴから電話がかかってきたとき、私の髪はまだ濡れていました。彼は五時三十分に仕事が終わった後にスタッフの歓迎会をやるから、みんなに会いにこないかと尋ねました。断ることはできませんでした。

「どこに行けばいいのでしょう？」

「上だ」彼は言いました。「一緒に行こう」

「上」が正確にはどこのことを言っているのかわかりませんでしたが、私は同室の女性たちに尋ねないだけの良識を持っていました。彼女たちが誘われていない場合を考えたのです。私は彼女たちに好かれたいと思っていました。もし妬《ねた》みを買うことになれば私はとても長い夏を耐える羽目になったでしょう。

勤務時間が終わりに近づくにつれ、私はプレスオフィスの他の女性たちが髪をとかし、口紅を塗り直すために化粧室に行くかどうかを観察していました。しかし彼女たちはいつも通り行動していました。普通と違うことは何も起きませんでした。

デイヴが私の席に現れたとき、私は自分が自意識過剰になっているのを強く感じました。オフィスにいる全員が好奇心に満ちた目で私のほうを見ているだろうと確信していましたし、おそらくみんなそうだったでしょう。

彼の後について、ホワイトハウスで一度も足を踏み入れたことのない場所に行くのは、ほんの数時間の間で二度目でした。歩きながら彼は小さくハミングしていました。ホワイトハウスはわかりやすい建物ではありません。迷路のような廊下と雑多なオフィス、そして大きな共有スペースが、地上四階と地下二階に広がっていました。西棟は執務室と閣議室以外は驚くほど狭苦しく、それはホワイトハウス全体が細切れの部屋に区切られていることを象徴していました。前を歩くデイヴについて曲がった廊下を進み、閣議室を通り過ぎ、いったん外に出て西側の柱列を歩き、プールの入り口を通過して、再び建物の中に入りました。そして広い廊下を進み、やっとエレベーターに到着しました。

エレベーターのドアが二階で開いたとき、私は自分が大統領公邸にいることにようやく気づきました。そこは広くて上品で、せかせかとした建物の中にある静かなオアシスのようです。デイヴはそのまま進み、私をウェストシッティングホールと呼ばれている寝室兼居間に連れて行きました。そこには書架が並び、西の空に面した巨大な半月型の窓の前には座り心地のよさそうなソファと椅子が並べられていました。そこでフィドルとジルが大統領特別補佐官のケニー・オドネルと話をしているのを目にしました。ケニー・オドネルはデイヴと同じくらいケネディ家に忠誠を尽くしていました。宮廷の道化師のようなデイヴに対し、オドネルは暗くて真面目で彼の引き立て役でした。大統領は二人のことを高く評価していましたが、それは正反対の理由からでした。

「ダイキリをどうぞ」。デイヴはそう言いながら細かい氷の粒で覆われたピッチャーをコーヒーテーブルから持ち上げ、私のグラスに注ぎました。お酒をあまり飲んだことのない私はためらいました。

「ありがとうございます」私は答えると、グラスを受け取り、礼儀正しく一口すすりました。

「ようこそ、ホワイトハウスへ」デイヴはそう言うと、グラスを持ち上げました。まるで、そのカクテルタイムが、私がホワイトハウスにやってきたことを祝うためだけに開催されたように聞こえました。

「光栄です」私はどうにかそう口にしました。

ダイキリを飲み干すと緊張が和らぎました。デイヴが私のグラスにおかわりを注いだときにも遠慮はしませんでした。あまりお酒を飲んだことがありませんが、何か食べたほうがいいことは十分わかっていました。私はオードブルのチーズパフが置いてあるコーヒーテーブルの横の椅子にどっしりと座り、ジルとフィドルがデイヴとケニーと話していることに聞き耳を立てていました。いろいろと興味深い話題の中で、ケネディ夫人と二人の子どもたち――四歳のキャロラインと八か月のジョンがグレン・オラに出発したということを私は耳にとめました。そこはケネディ家がヴァージニア州に借りている家で、ファーストレディはそこで自分の馬を飼っていました。

そのとき突然、まるで「大統領万歳」の曲がかかったかのようにみんなが立ち上がると、ケネディ大統領が部屋に入ってきました。その日で二度目の大統領の姿に、なぜ自分が驚いているのかわかりませんでした。何しろ、彼はここに住んでいるのです。でもダイキリに夢中になっていたせいで、大統領が姿を見せるかもしれないとは私の頭からすっぽり抜け落ちていました。

大統領は私たちに挨拶《あいさつ》をすると、上着を脱ぎました。そしてソファに座り、足をコーヒーテーブルにのせました。私は部屋の引力の中心が素早く移動したのを感じました。私たちはそれまでの会話をやめ、体を大統領のほうに少しだけ向け、その場の注目が彼に集まるようにしました。大統領は間違いなく、そのことに気がついていました。一日のうちに何度も同じようなことを経験しているに違いありません。

私は、大統領が最も信頼するホワイトハウスの仲間に自分も加わっているという状況をじっくり楽しみました。この仲間は一日中気をぬくことができない責任感から解放され、リラックスするために、大統領が選んだ相手なのです。正直に言って、これはわくわくするようなことです。誰かに勲章をピンで止めてもらったときのように、または学校で最も特権的なクラブのメンバーに指名されたときのように感じました。でも居心地が悪くもありました。部屋の中は陽気な雰囲気に満ち、また、ホワイトハウスの二階にいる状況には圧倒的な魅力がありました。そしてそこにはわずかな人しかいないにもかかわらず、自分がこのグループに居場所がないことがわかりました。これに値するようなことを、何もしていなかったのです。ここにとどまるべきか、それとも立ち去るべきかすらわかりませんでした。私はフィドルとジルから目を離しませんでした。そして彼女たちがここを立ち去るときに一緒に帰ろうと決心していました。

そのとき、大統領がソファから立ち上がり、私のほうに歩いてきました。「公邸の中を見てみたくないかい、ミミ？」

アメリカ合衆国の大統領による、ホワイトハウスのプライベートツアー。これは特別なお誘いです。ケネディ夫人が、ホワイトハウスの古くて殺風景な内装を改装することを自分の使命にしたことは広く報道されていました。彼女の描く控えめで上品なイメージに合うように改修するため、重要な芸術品や家具を寄付してくれるよう、ケネディ夫人は自ら裕福な人たちを説得していました。

人形の家をもらった十三歳のときから私はインテリアデザインに興味を持っていました。ケネディ夫人の努力も知っていました。この誘いに抗《あらが》うのは無理なことでした。

立ち上がると、ダイキリの酔いがすぐに回りました。私はほろ酔いの頭で、みんなもこのツアーに加わるものだと思い、周りを見回しました。でも誰も動きませんでした。

「来ないのは当然だわ」私は自分に言い聞かせました。「みんな、いつも二階に来ているんだから、すべての部屋を覚えているのよ」

ケネディ大統領はすでに部屋から出て行こうとしていました、磁石に引き寄せられるかのように後をついていきました。大統領は廊下にある最初のドアを開け、以前は客人用の寝室であったその部屋を、ケネディ夫人が家族用の食堂に改装したのだと説明してくれました。大統領とともにドアのところに立ち、新たに貼ったアンティークの壁紙をじっくり見ようとしました。そこにはアメリカ革命の情景が描かれていました。しかし、これまでにこのツアーを何度もしてきた大統領がすでに飽きていることは、何となく察知しました。大統領は中央のホールを横切り、違うドアを開けると、私が中に入れるように脇へどきました。

「ここはケネディ夫人の寝室だ」彼は言いました。

おかしな言い方だと私は思いました。ケネディ夫人の寝室？　では大統領はどこに寝ているの？　そこは明るい青一色で装飾されたとても美しい部屋で、床から天井までの窓があり、南側の芝生が見渡せました。布をかけた天蓋《てんがい》がついているベッドはダブルではなく、二つのベッドをくっつけたものでした。固いマットレスは背中に痛みのある大統領用、柔らかいマットレスは夫人用でした。暖炉の前にはくつろぐスペースがあり、小さな白いソファが置かれていました。私は大統領と一緒に、窓から六月の太陽が沈んでいくのを眺めました。

「美しい光だと思わないかい？」大統領は言い、私はうなずきました。

彼は私を、個人的な記念品が置いてあるところに連れて行きました。キャロラインのパステル画と、素焼きの土で作られた男の子の胸像がありました。

私は大統領がどんどん近くに寄って来ているのに気がつきました。彼の息が首にかかるのが感じられました。大統領は私の肩に手を置きました。

「ここはとてもプライベートな部屋なんだ」

次に見えたのは、大統領が目の前に立っているということでした。彼の顔は私の顔から数インチのところにありました。そして私の目をじっと見つめていました。大統領は両手を私の両肩に置き、私をベッドの縁へと導きました。大統領はゆっくりと私の一番上のボタンを外し、胸に触りました。それから私の脚の間に手を伸ばし、下着を脱がし始めました。私にはそのとき自分の身に起きていることが信じられませんでした。でもそれ以上に、自分が次にしたことも信じられません。自分でワンピースのボタンをすべて外し、肩から下にふるい落としたのです。彼は自分の下着を下げ、私の上にのしかかりました。

私の戸惑いと抵抗を感じたのでしょうか、大統領は少し動きを止めました。

「君は今までに経験したことがある？」

「いいえ」

「大丈夫？」

「はい」大統領は再び行為を始めましたが、前よりも優しくなっていました。

「大丈夫？」彼は言い続けました。

私はうなずき、肘《ひじ》で自分の体を支えました。

終わった後、彼は下着を上げると、私に微笑みかけました。そして部屋の角にあるドアを指差しました。

「もし必要なら、あそこがバスルームだよ」

私は床に落ちていた自分の下着を集め、ベッドの上のワンピースを手に取りました。ブラジャーをつけたままだった私は、他には何も身につけず部屋を横切ってバスルームに行きました。

戻ってくると大統領の姿はありませんでした。

「ここだよ」彼は部屋の外から私を呼びました。大統領はウェストシッティングルームにいました。そこは私たちの夜が始まった場所でした。私は部屋を出て、ソファに座っている大統領のそばに行きました。他の人がいないか周囲を見回しましたが、公邸の中は空っぽで、いるのは私たちだけでした。

私はショック状態でした。一方、大統領は淡々としていて、今起きたことが世界で最も自然なことであるかのように振る舞っていました。

「何か食べるかい?」彼は言いました。「キッチンはそこだよ」

「いいえ。ありがとうございます、大統領」

何よりも私が望んだのは、その場を離れることでした。そして大統領もそれを感じ取ったに違いありません。私にどこに住んでいるかを尋ねると、電話をかけました。そして私に、南ポーチ側の入り口まで迎えの車が来ると説明しました。そして大統領は私をプライベートエレベーターまで案内してくれました。

「おやすみなさい、ミミ」彼はドアを開けながら言いました。「君が大丈夫だといいんだが」

「私は大丈夫です、大統領」

一階に降りると、警備員が南ポーチを教えてくれました。そこには約束通り車が待っていて、私を家まで送ってくれました。

第五章

それはまだ夕方の早い時間でした。一九六二年六月の第三週目の木曜日で、一年で最も昼の長い夏至の数日前でした。車のリアウィンドウには、沈みかけた太陽の金色の光を反射するホワイトハウスが映っていました。二階の公邸部分にある部屋の窓からは明かりが漏れていました。門を通り抜ける車の中で私は思いました。さっきまであそこにいたんだわ。大統領と一緒に。

私は切なさを感じず、一人で悦に入ることも、うぬぼれることもありませんでした。何が起きたのか、何が起きているのかを確かめたかったのです。自分が夢を見ているのではないかという疑いを捨てるため、周囲を見回しました。

夢ではありませんでした。

ワシントンD．C．の交通の流れの中、運転手は滑らかに車を走らせています。私は混乱していて、政府の庁舎と観光スポットの間を通り過ぎていることには気がつきませんでした。この二時間の意味をつかもうと頭をめぐらせ、事の成り行きをつなぎ合わせていました。大統領と過ごしたあの時間はどう理解すればいいの？　避けられなかったもの？　それとも楽しいこと？　異常なこと？　それとも意味がわからないもの？

十九歳の私には事態を意味の通じる物語にする能力がありません。ですから私は明らかに真実であることだけを考えました。私はもう処女ではない。そのことが私の頭の中で響き続けていました。私はもう処女ではないのです。私はいつも、愛する人との結婚初夜が私の初体験になるのだろうと想像していました。宗教や道徳上の理念から、処女を守っていたのではありません。この信念は単純に保守的な精神で、当時私と同じ年代の女の子たちに広く受け入れられていました。私は周りの人たちと同様に保守的だったのです。

しかし私の初体験を取りまく状況は、まったく普通ではありませんでした。最も過激な空想の中でさえ、私は相手が年が離れた男性になるなんて思ってもみません。しかも私の両親の世代の人、ましてやアメリカ大統領なんてあり得ませんでした。

なぜ私はこんなことになってしまったのでしょうか？

私は大統領公邸での状況を思い出し、居間に満ちた笑い声やダイキリの効果を思い返しました。その中にはセックスを強要する企みや脅迫を示すような雰囲気はありませんでした。私は記憶を振り返り、フィドルとジルがどこにいたのか思い出そうとしましたが、彼女たちは見あたりません。デイヴの居場所も思い出そうとしましたが、彼もまた断固として姿を見せないように隠れていました。記憶に残っている映像は、コーヒーテーブルに脚をのせたワイシャツ姿の大統領だけでした。信じられないくらいハンサムで威厳に満ち、そして魅力的でした。

車の後部座席に座り、考えをまとめながら私が感じたのはこのことでした。私は、大統領の存在に圧倒されていたのです。

車が私の家の前に着いたとき、ウェンディは帰宅していませんでした。私は少しほっとしました。どんな一日だったか聞かれるのは嫌だったので、彼女と顔を合わせたくなかったのです。彼女の前で取り乱すことを心配していたわけではありません。疲れ果てていた私は、ただ一人きりになりたかったのです。私はまっすぐ寝室に行き、鏡に顔を映しました。普段と変わって見えるところはまったくありません。その夜、私は「女の子」から「女性」に変身してはいませんでした。大統領のつけている4711のコロンの香りがまだまとわりついていたので、私はシャワーを浴びました。熱いお湯で洗い流しながら、私は自分の体を見下ろしました。セックスに関する知識に乏しい同じ世代の他の女性であれば思うであろうことを考えました。あれがセックスなの？　私には、それがよかったのか、悪かったのか、ほどほどだったのかわかりません。長かったのか短かったのかも判断できません。優しかったとか、意味のあるものだったとか、そういう感想もありません。比べるものが何もなかったのです。

タオルで体を拭きながら、その日の自分の行動を反芻《はんすう》しつづけました。デイヴがお昼休みの水泳を突然提案してきたことをもう一度考え直してみました。

大統領に私をチェックする機会を与えるために、デイヴが全部計画したのかしら？　フィドルとジルは？　彼女たちも関わっているの？

そのときの自分には、この疑念に対する答えを出す勇気がありませんでした。

この日の出来事についての疑念と何年も格闘し続けてきました。大統領が公邸のツアーに私を連れて行った後、なぜあの人たちは立ち去ったのだろうか、彼らは寝室で起きることを知っていたのだろうかと思い悩んできました。彼らは知っていたのだと思います。

また、頼んでいないのにインターンシップの依頼がきた理由、そもそもホワイトハウスで働かないかと招かれた理由も考えました。大統領がミス・ポーターズ校の女学生に目がなかったからなのでしょうか？　彼が結婚した相手もそうでしたし、ホワイトハウスにも卒業生がいたところにいました。本当のことは、この先も決してわからないでしょう。

私が彼を惑わしたとか、何らかの方法で彼を誘ったとかいう質問はナンセンスです。私は女性として男性を誘惑する技術をまったく持っていませんでした。もともとセックスするまで、私たちの間には親密な交遊すらありませんでした。先に言ったように、私は信じられないくらい過保護に育てられ、うぶだったのです。しかしあの公邸で、私がまさに大統領の欲望の対象だったことに疑う余地はありません。彼は相手を思い通りにするのがうまく、そうすることに慣れています。大統領は政治家として、一緒にいる相手が世界で一番重要で興味深い人間だと思わせる才能を持っていました。ほんの数か月前に彼自身のスタイルと魅力、頭の回転の早さと活力で、国を魅了した男だったのです。

すべてを考え合わせると、私に抵抗できたでしょうか。これに対する私の正直な答えは「いいえ」です。寝室にいるとき、大統領は私を不意に、そして素早く誘導しました。あのような支配力と強さの前で、叫び声を上げることなどできません。彼の誘惑を妨げることが私にできたかどうかわかりません。

自分が受け身だったことを弁解するために、このようなことを言っているのではありません。正直なところ、私は弁解する必要があるとは思っていないからです。私は自分のしたことを恥じてはいません。あの出来事の意味を五十年経った今、明らかにしようとしているだけなのです。私はケネディ大統領のために言い訳をしようとも思いません。彼が魅力的な誘惑者で、貪欲な放蕩者《ほうとう》だったことは間違いありません。私たちの時代の人は、私も他のすべての人もこのことを徐々に知るようになりました。一部の人は、ずっと前から気がついていたのでしょう。

その日の出来事を詳しく話すたびに、ケネディ大統領の行動に対して皆同じような反応を示します。まず、それは大統領のふしだらな行為に対する失望の形で現れます。彼らはこう言います。「ミミ、わかったはずよ！」「あなたは罠にかけられたのよ！　彼はけだものだわ！」

私がそれに同意しないと、次は私に対する失望に変わります。一部の人はさらに口論を吹っかけてきます。自分の身に起きたことを説明するのに、彼らは恥ずかしがることもなくレイプという言葉を使いますが、私はそうは思いません。

その夜、ショックと混乱の中で、私は生まれて初めて、欲望の対象になることのスリルを感じてしまったのです。そしてアメリカで最も有名で力のある男性に求められたという事実は、私に抵抗などもってのほかという思いを抱かせるだけでした。だから私は大統領にノーと言わなかったのです。それが私が出すことができる一番いい答えです。

私に性的経験がなく、戸惑っていることに気がついた大統領が一瞬動きを止め、その後さらに優しくなり、心配して気遣ってくれたとき、本当のところ私は彼を近くに感じました。あの夜に起きたことを説明するのに、私は愛を交わしたという表現は使いません。しかし無理強いされたとも言わないでしょう。

第六章

　翌朝、私は何の悩みもない無頓着な様子を装い、ホワイトハウスに入っていきました。それが自分にとって、昨日の晩に大統領公邸で起きたことをプレスオフィスのみんなが直感的に悟っているかもしれないという恐怖を隠す唯一の方法でした。特にフィドルとジルにばったり出くわすのが心配でした。二人はどう思うかしら？　彼女たちは何を知っているのかしら？　二人はよくはしゃぐのんきな女の子たちで、大統領と一緒でも、とてもくつろいでいました。大統領もそうでした。二人は私が強引に大統領との垣根を越えて入り込んだと思うかしら？　それとも訳知り顔の作り笑いを浮かべて挨拶するのかしら？　彼女たちが怒ることと認めてくれることのどちらがより悪いことなのか、私にはよくわかりませんでした。

私の恐怖は見当違いに終わりました。九時ぴったりにオフィスに入っていくと、すべてがまったく普通で、いつもと違うことは何一つありませんでした。にらみつけてくる人も、訳知り顔でちらちら見る人もいません。私より数分前にオフィスに来ていた二人の同僚はすでに席につき、タイプライターのカバーを外しているところでした。二人は私に挨拶すると作業に戻りました。ピエール・サリンジャーはオフィスにいませんでした。風景全体が薄気味悪いほど静かでした。

私はその日が夏の金曜日であることに気づきました。みんなには席に縛りつけられるよりも重要なことがあったのです。ホワイトハウスに勤めている人はだいたい九時から五時まで働いていました。今にしてみると奇妙なことです。みんな始業時間に来て、何か緊急事態が発生しない限り、たいていは日が沈む前に退出していました。私が西棟で見ていた人たちは一生懸命働いていて、オフィスはエネルギーに満ちてきびきびした会話が音を立ててはじけているようでした。でも後日、ドラマの『ザ・ホワイトハウス』で見ることになるような、すべてを消耗させるような激しい混沌《こんとん》はまったくありませんでした。スタッフ全員が夜を徹して働き、シビアな労働統計局や議会投票の数のことを話し合いながら、突撃するように歩き回ることもありません。ケネディ時代のホワイトハウスは、どんなに想像力をたくましくしても、ハリウッドが考えるような刺激的なものではありませんでした。当時は違ったのです。

オフィスの風景は、私が組織の中でとるに足らない存在であることを思い出させてくれました。私は夏休みのインターンであり、部屋の片隅にいる影のような存在です。テレタイプをまとめ電話番をする、誰のアンテナにもほとんど引っかからない存在なのです。大統領との出来事に関する不安が職場で問題にされるはずはなく、ただ私の頭の中でだけのことです。みんなの心の中に私の居場所はありませんでした。

そしてもちろん、大統領の心の中にも私の居場所はありませんでした。

一つには、一週間ほど前に大統領は、その年の二月に三十歳になったばかりの弟のテッドをマサチューセッツ州選出の上院議員候補として承認していました。テッドは最年少の上院議員候補として、その後すぐにマサチューセッツ州法務長官のエドワード・マコーマックとの厳しい予備選挙を戦うことになります。エドワード・マコーマックは下院議長に就任したばかりのジョン・マコーマックの甥で、ワシントンと強いコネクションを持っていました。テッドの選挙戦はホワイトハウスの戦いであり、大統領の関心の大部分を占めていました。また当時、大統領は公民権問題に関して危うい政策をとっていました。人種差別を禁止する大統領命令に署名し、投票権法を導入しろという圧力をはねのけていたのです。さらに大統領はアメリカ国内の六十五歳以上の人に対する医療制度を政権の最重要項目にしていました。彼の政策の特徴であったこの計画――高齢者向け医療保険制度――は上院で三週間、集中的に審議される直前で、その後この制度は五十二対四十八で否決されました。同時に長期にわたる経済回復や不況回避、財政の問題、インフレ抑制という課題があり、大統領の経済問題に対する手腕を疑う実業界もなだめなくてはなりませんでした。ダウ平均株価はケネディ大統領の四十四歳の誕生日に最安値を記録し、経済紙はこれをケネディクラッシュと呼んでいました。

要するに一九六二年の初夏、大統領の関心はかなりの数の差し迫った問題に占められていたのでした。私は自分がその中に含まれているという幻想を抱いていませんでした。

金曜日の朝、私は席に着き、仕事に没頭していました。同僚の一人が、「大統領はこの週末、グレン・オラにいる夫人と一緒に過ごすらしい」と言っているのを小耳に挟んだとき、安堵《あんど》の波が押し寄せました。

私はその週末に自分がしたことよりも、しなかったことのほうをより覚えています。

私は自分の両親に電話をしませんでした。

姉にも電話をしませんでした。

友達にも会いませんでした。

ルームメイトのウェンディとも話しませんでした。彼女はありがたいことに、その週末外出していました。

だからといって、隠れたり、自分を哀れんで過ごしたりしたわけではありません。私は不安なときには整理整頓をすることにしています。ですから洗濯をし、台所を片付け、床を拭いてバスタブを磨き、冷蔵庫の中身を補充するための買い出しをして週末を過ごしました。小さくて質素な寝室を飾るための小物をいくつか買いに出かけました。ジョージタウンを一人で歩いているうちに、美しい迷路のような通りに迷いこむこともありました。

ところが日曜日の夜遅く、翌日職場に着ていく服を考えながら、不安はピークに達しました。仕事に自分が何を期待しているのかまったくわかっていなかったのです。自分では、一流のジャーナリストたちがどんな仕事をしているのかを見て学ぶためにホワイトハウスに働きに行くのだと思っていました。しかし木曜日の夜に起きたことが物事を永遠に変えてしまいました。私は混乱していました。ホワイトハウスという場所、そこにいる人々、そこでの自分の役割の持つ意味がわかりません。その日曜日の夜のほんの一瞬だけ、私はホワイトハウスに戻りたくないと強く思いました。

でも、その気持ちは現れたとたんに消えました。自分に勇気を持つように言い聞かせると、ベッドに潜り込みました。

ホワイトハウスでの二週目は平穏に始まりました。大統領と一緒に過ごして以来、フィドルとジルにばったり会うこともなく、デイヴから電話がかかってくることもありません。静かに身を潜めて自分の仕事をしていると、誰かが、「グレン・オラから大統領が戻り、ケネディ夫人はヴァージニア州に残っている」と話しているのが聞こえました。大統領の名前を聞くだけで動揺が走りました。私はデスクの前に座り、麻痺したように電話を見つめていました。デイヴから電話がかかってきたらどうしよう？　どう対応すればいいのかしら？　なんて言えばいいの？

五十年近く経った今考えてみると、当時の私がこう思ったこと、またデイヴにお昼休みに泳ぎに行こうとか、大統領公邸で飲もうと言われたときになんと答えるか、態度を決めかねていたのは奇妙に思えます。

正直なところ、自分がどうしたいのか決められませんでした。決心できなかったのです。私は性的な関係に反発したり、ショックを受けたりしたわけではなく、危害を及ぼされたわけでもありません。私の精神状態を最も正確に説明する言葉はおそらく陶酔感だったでしょう。大統領に選ばれたことが私を特別な気持ちにさせ、その高揚感に免疫を持っていませんでした。そして誰もが考えるであろう疑問に対する答えを探していました。次はどうなるのかしら？

私は電話がかかってこないことを祈りました。

そのとき電話が鳴りました。デイヴからです。「お昼休みに泳ぎに来ないかい？」

私はどんな人生にも少なくとも一つは、人生の転換点とも言える、盛り上がる出来事があると信じています。そこから他の出来事が広がっていくのです。この本を書き始める前、私の人生の転換点を特定しろと言われたら、私は娘たちが生まれた瞬間だと答えたでしょう。この出来事は多くの楽しみをもたらしてくれたからです。しかし私は今、人生の転換点が必ずしも大きな喜びであり、忘れられない瞬間であるとは限らないことに気がつきました。その後、最も大きな残響となる一瞬であることもしばしばあるのです。

私は今、十五秒程度のデイヴからの電話がもう一つの私の人生の転換点だったことに気がつきました。私がただ「いいえ」と答えていれば、すべてはまったく違っていたはずだからです。

しかし、私は「いいえ」とは言いませんでした。

そのときの私はデイヴのことも大統領のこともよく知らなかったので、自分に選択肢があったことや、その誘いを断れたこと、断りをほのめかしても何の影響もないことがわかっていませんでした。お昼休みの水泳をインターンが断ったからといって不機嫌になったり悪意を抱いたりするのは、デイヴらしからぬことだったのです。

そのうちに、私がお昼休みにプールにいなくてもケネディ大統領がそのことを気に留めないことが次第にわかり始めました。大統領は一瞬、残念がったり不思議に思ったりしたかもしれません。でもすぐに気持ちを切り替えたでしょう。大統領は私がいないからといって文句を言ったりすることもありません。彼は親切で思慮深く、彼の下で働くすべての人から愛されていました。

大統領は本当に礼儀正しく人と接していました。何らかの方法で私に仕返しするようにデイヴに指示することは大統領にはできなかったでしょう（注一）。厳しく、断固たる態度をとることはできました。しかしそういう力は、大統領の立場や政治的職務をおびやかす人に見せつけるためにとっておき、自分のために働いている人に対して示すことはありません。私は彼にとって脅威ではありませんでした。

しかし重要なのは、このとき私が何を信じていたかです。そのときの私は、断ればホワイトハウスで正職員になるという夢は永遠につかめないと信じていました。もう二度と、大統領の親しい仲間たちに招かれなくなり、大統領と同じ部屋にいるという陶酔する感覚を経験できなくなるだろうと信じていたのです。

だから今の私なら、なぜ十九歳の女の子がデイヴの誘いを受け入れたのかを理解できます。そしてその理由に身が縮み上がる思いがします。彼女は人生で初めて両親や兄弟姉妹、家や学校から離れ一人暮らしをしていたのです。再度、誘われたことで彼女はいい気分になっていました。彼女は何が起きるかは気にせず、楽しむことに決めたのです。

そして私は席を立ち、プールに向かいました。

フィドルとジルはすでに水に入り、大統領の周りを泳いでいました。彼は仰向けになって水に浮かび、温かい魔法の水に身を委ね、二人と冗談を言い合っていました。私がプールに姿を見せても彼はほとんど態度を変えず、数日前に私たちの間で起きたことはおくびにも出しません。私には大統領をちゃんと見る勇気がありません。でも私は水着姿でプールサイドにいたのです。いったい何が起きると思っていたのでしょうか。私はプールに入り、三人のほうにゆっくり泳いでいきました。大統領がこちらを向きました。彼は私を見て本当にうれしそうでした。私に、週末は楽しかったかとか仕事は楽しいかといったようなことを尋ね、それ以上に大したことは口にしません。もし前回一緒に過ごしたときのことを後悔したり、罪の意識を感じていたりしても、大統領はそれを見せませんでした。

後から考えると、これは賢明でした。自然に他の人に調子を合わせられる人にとっては間違いなく本能的な行動でした。大統領が普段通りの雰囲気を作ってくれたので、私は少しずつリラックスできました。大統領は私に触れたり、他の人と違うように扱ったり、無作法なことをしたりすることもなかったので、少し安心しました。前回の私たちの接触はおそらく一度だけのもので、もう二度と起こらないのでしょう。なぜ私がそう思ったのかはわかりません。再びあのことが起きるのを望んでいなかったと言えるのかどうか、自分でもよくわからないのです。実のところ、男の子に口説かれると抗議するのに、やめるとさらに声高に不平を言う女の子のように行動して自分を欺いていたのです。だからその日の午後遅く、再び電話をしてきたデイヴに、「仕事の後、公邸に上がってこないか」と誘われたとき、承諾していました。私はフィドルとジルもそこにいるだろうと推測していました。

しかしデイヴに連れられて二階に行くと、シッティングルームには誰もいませんでした。この前と同じダイキリのピッチャーが置かれ、横にはチーズパフののった同じお皿がありました。そして数分後、大統領がやってきました。大統領とデイヴが冗談を言い合っている間、心の中で他の人が来てくれることを望み続けていました。デイヴが腰を上げて帰ろうとしたとき、私は立ち上がって一緒に帰ろうとしました。しかし大統領がさえぎりました。

「夕食を食べていってくれ、ミミ」大統領は言いました。「キッチンのスタッフがいつも冷蔵庫に食事を準備してくれているんだ」

私は凍りつきました。

「それから、ダイキリのおかわりも」

それから彼は、前回案内しなかった寝室に私を連れて行きました。彼の部屋だということがわかりました。

「お風呂に入るかい？」彼は私をバスルームに案内してくれました。「カギを閉めることができるよ」。実際、私は混乱状態だったので、温かいお風呂に入ればリラックスできそうに思えました。

「寝室で待っているよ」彼は言い、私を一人にしてくれました。

それが情事の始まりでした。

大統領はきわめてよく統制された、非常に忙しいスケジュールに沿って動いていましたが、少なくとも一日に一回、背中の痛みを治療する時間が必要でした。そのため彼は日々の習慣に囚われていました。お昼に生温かい水の中で泳ぐことは彼の日々の行動の中で欠かせないものであり、私の毎日の習慣にもなりました。私はお昼休みか仕事が終わる間近に大統領と泳ぎ、それから急いでデスクに戻りました。そして夜に公邸に上がってくるようにという電話を待ちました。もちろんこの電話があるかないかは、ホワイトハウスにケネディ夫人がいるか、いないかどうかでした。

一九六二年六月の終わり、大統領と夫人がメキシコ訪問から戻ってきた後——メキシコ国民が大統領を〝エル・プレジデンテ〟と呼んで歓迎したのに倣《なら》い、私たちもみんな、一週間、大統領をそう呼んでいました——、ケネディ夫人は長期旅行に出かけました。まず子どもたちと一緒にハイアニス・ポートに行き、それからほぼ八月いっぱい、イタリアで過ごす予定です。その夏のほとんどをホワイトハウスで一人で過ごしていた大統領は少なくとも週に一回、たいてい週に二回、私を呼びました。

最初の夜をのぞき、ケネディ夫人の寝室に行くことはありませんでした。私たちは彼の寝室で過ごしました。その部屋は華やかではありませんでしたが、青い柄布の天蓋のついたアンティークのすてきな四柱式ベッドがありました。ちゃんと使うことのできる暖炉の前には、青い椅子が二脚置いてありました。部屋のあちらこちらに、本や新聞、雑誌が積んでありました。

大統領と過ごすたびに、私たちの関係を馬鹿げたものに思う気持ちや、過剰な自意識が少しずつ消えていきました。大統領は私が学生であることにあけすけに触れ、それを楽しむことで、私たちの関係が全体的に不釣り合いであることに対する、私のぎこちない思いを上手に取り除いてくれました。

「寄宿学校に閉じ込められた女の子たちは何をしているんだい？」

もちろん大統領は不真面目な返事を期待していたのですが、そんな答えはありません。

「何もしていません」。それはそのままの意味でした。

大統領はこの答えでは満足しません。彼にはまだチョート校にいる十代の思春期の少年のようなところがありました。おそらく私の存在が彼に、人生がまだシンプルで気楽なものだった頃を思い出させたのかもしれません。私と一緒にいるときの大統領は本当にいつも男の子のようで、くつろいでいるように見えました。時が経つにつれ、彼は最初に出会ったときよりも、思いやりのある紳士的な態度で接してくれるようになりました。彼の態度が無愛想になることはついぞありませんでした。私たちの関係は夏中続き、ときどき彼は誘惑する素振りやふざける態度を見せました。世界中の時間がすべて自分のものであるかのようにのんびり振る舞うこともあれば、リラックスする気配をまったく見せないときもありました。私たちの性的関係は変化に富み、楽しいものでした。

ケネディ大統領は官能主義者でした。一緒に過ごす夜、私たちはとてつもなく長い時間お風呂に入って過ごしました。彼は一日に六回もシャツを着替えます。汗まみれだと感じたり、汚れたような気分になったりするのが嫌だったのです。最初の夏、すべてに大統領の印章がエンボス加工された、ふっくらとした白いタオルや贅沢《ぜいたく》な石けん、ふわふわの白いバスローブが備えてある大統領の部屋の上品なバスルームを、私たちだけの小さなスパに変えました。唯一雰囲気に合わないものは、ゴムでできたアヒルのおもちゃでした。それはその年の秋、ヴォーン・ミーダーのコメディアルバム『ザ・ファースト・ファミリー』がアメリカ国内の売り上げ第一位になった頃にバスルームに現れました（注二）。ミーダーは大統領に扮し、どのおもちゃがキャロラインのもので、どれがジョンのものかを書いてあるリストを手に「ゴムのアヒルは僕のだ！」と言い張ってみせるというコントを演じていました。ある友人が彼に黄色いゴムのアヒルたちを贈ってきたのは、その寸劇のせいです。大統領はそれを欠かせないバスルームの備品として、すぐにバスタブのふちに一列に並べました。このアヒルを見ると、ふざけるのが大好きな彼の一面が顔をのぞかせます。彼は真面目で洗練され、途方もなく大きな責任を背負っていても、同時に自ら進んで徹底的に馬鹿な真似をしたり、冗談に調子を合わせることができる人でした。これは非常に魅力的な一面でした。私たちはアヒルたちに彼の家族の名前をつけ、物語を作りました。また、よくアヒルたちをバスタブの端から泳がせて競走させました。

四十五年経ち私の秘密が明らかになったあと、私はこのゴムのアヒルのことをある友人に話しました。「あなたは大統領と不倫をしていたわけではないのよね」彼女はそう結論づけました。

「子どもみたいに遊ぶ約束をしていたのよ」

お風呂から出ると軽い食事をとりました。いつもコールドチキンや小エビのカクテル、ローストビーフのサンドイッチなど、スタッフがキッチンの冷蔵庫に常備しているものか、キャスター付きの配膳台にすでに用意していたものを食べていました。公邸で大統領と一緒にちゃんと席について温かい食事をとった記憶がありません。理由は明らかです。大統領はスタッフに食べ物と飲み物を用意するように頼むと、その夜は彼らに休みを取らせていたからです。大統領が自分の私的な生活を見せられる相手として信頼していたのはデイヴとケニー・オドネル、そして近侍のジョージ・トーマスだけ。この三人は二十四時間、いつでも自由に公邸に入ることができました。シークレットサービスは一階にいることがほとんどで、二階に足を踏み入れることはめったにありません。

一緒にいるとき、私たちは二階を完全に自由に使っていましたが、大統領の部屋とキッチンにはほとんど入りませんでした。しかし、あるとき大統領は自分の好みのスクランブルエッグの作り方を教えてくれました。それは二重鍋の中で卵をゆっくりとかき混ぜる方法でした。

その夜、大統領はレコードをかけました。ターンテーブルは彼とケネディ夫人の部屋をつなぐ壁に作り付けられていました。大統領はポピュラー音楽を好み、トニー・ベネットとフランク・シナトラの曲は何でも好きでした。でも私は彼らの歌に感情移入できません。私はペギー・マーチの『アイ・ウィル・フォロー・ヒム』やザ・シュレルズの『ウィル・ユー・ラブ・ミー・トゥモロー』のような、恋に悩む女の子のことを歌ったポップな曲が好きでした。私たちの音楽の趣味が一致するのはフランク・レッサーのミュージカル『努力しないで成功する方法』の中の『アイ・ビリーブ・イン・ユー』だけでした。大統領はオリジナル・キャストによるLPを取り出すと針を落とし、この大ヒットミュージカルの第二幕から、大きな音で流しました（注三）。ロバート・モースがささやくように歌う歌詞──「あなたは知恵と真実を探求する、静かな、澄んだ目を持っている」──の何かが、彼の脳の奥深くにある喜びの中心に明かりを灯したようです。大統領はこの歌がとても好きでした。そのため私は一人で歌えるようにこの歌詞を暗記したほどです。

時折、とても夜遅くなってしまったときには、私は大統領とそのまま一晩過ごすことがありました。今のマスコミの監視能力を考えると、理解しがたいことです。でも当時はまったく自然なことに見えました。

「君がしたいようにしていいよ」大統領はよく言ったものでした。「家に帰ってもいいし、泊まってもかまわない」

私が泊まると、大統領は綿でできた淡い青のナイトシャツを貸してくれました。朝、私が目覚めると、大統領は公邸に毎朝届けさせている大量の新聞を読みながら、ベッドで朝食をとっていました。それから彼はお風呂に入り、時間を節約するためにそこでひげを剃《そ》り、服を着て九時から九時半の間に執務室へと向かいました。

私はスタッフが到着する前に、公邸からこっそり出て行かなくてはいけないと思ったことはありませんでした。反対に大統領が一緒にいてもいなくても、公邸でのんびり過ごすことを快適に感じていました。シークレットサービスのスタッフは、私が大統領と夜を過ごしていることを知っていて、特に近侍のジョージ・トーマスはいつも親切に挨拶してくれました。彼は私の存在に対する不満をほのめかすには控えめすぎて、大統領に対して忠実すぎたのです。私は普通、ホワイトハウスに改めて出勤する前に、服を着替えに一度家に帰っていました。でもエレベーターで一階に降り、ポーチを歩いてプールと閣議室の前を通り過ぎ、プレスオフィスに直接行くこともときどきありました。大統領に選ばれたことを得意に思うあまり、二日続けて同じ服を着ていても自分ではまったく気になりませんでした。同僚たちが気づいていたとしてもかまいません。まるで大統領の権力を身にまとっているかのように、自分が強くなったような気がしていたのです。

大統領と過ごした最初の夏の間に、デイヴとは親密な友情を築くことができたと信じています。彼を嫌うことはできません。彼はアイルランド人特有の話しやすさと司祭のような思慮深さを兼ね備えていました。彼が叔父のような気持ちで、私の面倒をみて、傷つかないようにしてくれているのだと思っていました。今になってみると、彼が熟練した政治の職人らしく煙幕を張っていたことに気がつきます。私が幼く、彼自身にも二人の娘がいたことを考えると、デイヴはどうやって私と大統領の世話をしていたのではありません。大統領の世話をしていたのです。私が幼く、彼自身にも二人の娘がいたことを考えると、デイヴはどうやって私と大統領との橋渡しという自分の役目を正当化していたのだろうと、しばしば疑問に思います。

私とデイヴは公邸でダイキリを飲みながら大統領を待ち、多くの時間を一緒に過ごしました。しかし彼が一度でも自分の子どもの話をしたことがあるかどうか思い出せません。彼が子どもの話をしたら、私は密接な仲間意識と親切にしてもらっているという感情から我に返ったことでしょう。デイヴの仕事は私を二階に連れてきて数分間付き添い、立ち去ることでした。その後、私はたいてい長い時間をかけてお風呂に入り、バスローブを着て大統領を待っていました。

ときどき、デイヴが夜遅くに公邸に戻ってくることがありました。彼はお酒を飲みながら、世間話と政治的な噂話で私たちを楽しませてくれました。大統領とデイヴは二人とも一緒にいることをとても楽しんでいました。二人の注目が私に向けられることがときどきありました。あるとき大統領もデイヴも、私が同じ年代の男の子たちから追いかけられる対象ではないと信じてくれないということがありました。

私を思いやって、二人が大げさに信じられないと言ってくれていたのは明らかです。そこで私はジミー・ロビンスのことを話しました。ジミーは私が大学一年生だったときに、ほんの少しの間デートしていたペンシルベニア大学の学生です。私たちがしたことは、デートと言うほどのことではありません。私たちの〝恋愛〟は、週末に訪れたペンシルベニアと、ニューヨークのベッドフォードの彼の家、そしてニュージャージーの私の家でそれぞれ一度、一緒に過ごしただけでした。そして彼は私と過ごすよりゴルフするのが好きだということがすぐにわかりました。日曜日の午後、ジミーを待っていると、彼のお兄さんが私を気の毒がって昼食をごちそうしてくれました。しかし私は大統領とデイヴにそれを全部は話しませんでした。ジミーと私がまだつきあっているという含みを持たせたのです。

二人ともその話に、特にジミーがペンシルベニア大学の学生であることに飛びつきました。そこから彼らはジョークを思いつきました。私と一緒にいるとき、二人は繰り返し「デイヴ、もしペンシルベニア大学のトレーナーを着た若い男がホワイトハウスのツアー客の中にいたら、今日は休館だと言うようにシークレットサービスによく言っておいてくれ」とか「大統領、ペンシルベニア大学のトレーナーを着た男を知っていますか？　今日その男を逮捕したんです」と冗談を言い合っていました。

二人はこのうえなく優しいやり方で私をからかっていたのでした。彼らの注目を浴び、私は満たされた気持ちでした。

もちろん私はこのとき、自分が唯一の存在ではないこと、大統領の生活には他の女性もいたことに気がついていませんでした。大統領が他の女性とも同じようにしているだろうと論理を飛躍させることができなかったのです。その後デイヴが、大統領の多くの愛人たちにこのような内密な行為は〝国の安全〟の問題になりかねないため、沈黙を守るよう警告したと書いてあるのを読んだことがあります。でも私にはそのような警告はありませんでしたし、そうする必要もなかったのです。もしこの関係について誰かに話したら、それは大統領を裏切るのと同時に、自分自身の不品行について明かすことになると自分でもわかっていました。

驚くべきことに私的な生活に関してマスコミが大統領に合格点を与えていたことについて書くのは、私が最初ではありません。公人たちが最も私的な瞬間ですら、国民の視線にさらされている今日の状況を考えてみると、これはとても不可思議なことです。単に時代が今と違い、もっと控えめで慎重だったということ以上に、メディア——すべてではなくてもその多く——がケネディ大統領を崇拝していたことが大きな理由でしょう。これまでに大統領の軽率な行動についていくつか調査が行われましたが、それらは中途半端であり、その相手が私なのか、他の女性なのかも私にはわかりません。このときから三十年後、ワシントニアン誌のインタビューを受けたサリンジャーは、調査に来たマスコミをどれほど簡単に片付けたかを回想しています。

「私は、彼に一九六〇年代流の答えを返したんだ。一九九〇年代のではなく」サリンジャーは語りました。「〝彼はアメリカ大統領なんだ。一日に十四時間から十六時間働いている。外交も国内政策も彼が動かしているんだ。その後、愛人と過ごしているからって何の問題があるっていうんだ?〟とね。記者は笑って出て行ったよ。それでこの話は終わったんだ」

大統領はホワイトハウスの中にいる近しい人には、プライベートな行動は隠していました。はっきり区別をするということに天才的な能力を持っていたから、大統領にはそうできたのだと私は思っています。テッド・ソレンセンは、二〇〇九年に回顧録『カウンセラー』の中でこう書いています。

「大統領とともに過ごした期間、私たちの関係は二分されていた。私は、大統領としての生活の実質的な部分には完全に関わっていたが、彼の社交的な部分や個人的な生活にはまったく関与していなかった。何回かの公式な晩餐会をのぞき、私たちはホワイトハウスで一緒に食事をしたこともなかったのである。十一年の間で社交的な機会を持ったことがほとんどなかったため、私はその一回一回をすべて思い出すことができる」

スピーチライターとして、ソレンセンはケネディ大統領に〝声〟を与えてきました。彼は大統領の心がどのように動くのか理解していました。そして大統領の信念と夢を誰よりもすばらしい言葉で表現できました。しかし、ボビー・ケネディに次いで大統領に近く、大統領にとって価値がある存在だと彼自身も判断したソレンセンであっても、大統領と二人で食事をしたことはなく、オフィス以外にきちんと会ったことはなかったのです。

ソレンセンの言葉を私は完全に理解できます。大統領ははっきり区別をすることで、自分の人生のそれぞれの領域にいる人を他のすべての領域の人から上手に隔離できたのです。夫人と子どもたち、ハイアニス・ポートの邸宅に集まっている肥大化したケネディ一族、顧問団、友人たち、その多くが大統領を報道の対象としてよりも友達として見ていた記者たち、それぞれの領域がありました。そしてガールフレンドたちの領域があったのも明らかでした。彼が天才だったのは、それぞれ異なる領域が重なる機会を作らなかったことでした。ソレンセンはこう表現しています。

「私は彼のすべてを覚えてはいない。なぜなら私は彼のすべてを知っていたわけではないからだ。そんな人はいない。多くの人が、彼の生活、仕事、考えの違う一部分は見ていた。しかしそのすべてを見ていた人はいないのだ」

このため大統領の女性癖を知っていると主張する人が少ないのも当然に見えるのです。自分の世界に誰を招き入れてもいいか、その人に何を見せてもいいかを、大統領は完全にコントロールしていました。しかしそれはとても疲れることだっただろうと思います。

大統領の戦略により私もまた、大統領とフィドルとジルの関係のレベルを推測させられていました。大統領は彼女たちのどちらか、または彼女たち二人と関係を持っているのかしら？　ケネディ夫人はもちろん、フィドルのことを疑っていました。バーバラ・ガマレキアンによると、ケネディ夫人は無慈悲な一面を一度垣間見せていました。

「これがおそらく私の夫と寝ている子よ」フランスの週刊誌パリスマッチの記者に西棟を案内していたケネディ夫人は、フランス語でフィドルをそう言ったそうです。私にはそれが本当かどうかわかりません。もしホワイトハウスの中で私と同じ立場だったのは誰だろうと疑うなら、それはフィドルだったでしょう。私はフィドルを愛していました。彼女はいつも落ち着いていて、正しいことを言っていました。会うたびに熱烈に挨拶をし、まるで私を妹のように扱ってくれました。明るくてはしゃぐのが好きな性格なのに、フィドルはＣＩＡの諜報員のように用心深く振舞っていました。たくさん話をしましたが、その大部分は洋服についてであり、彼女が大統領に関する情報を一つでも私に漏らしたことがあるか、すぐに思い出すことはできません。フィドルは——そしてジルも——、大統領と気楽に接する関係で、昼休みの水泳のメンバーでした。

大統領が自らの交友関係を慎重に分類していたことはサリー・ベデル・スミスの『グレース・アンド・パワー』に書かれている事例でわかります。一九六一年六月の第二週、背中の痛みが悪化した大統領に専属医師であるジャネット・トラベルはフロリダのパーム・ビーチにある、大統領の友人で資産家のポール・ライツマンの邸宅で四日間の休みを取るように指示しました。そこには塩水のプールがあるため、沐浴《もくよく》をして休養できるからです。一緒に滞在したのは、大統領の親しい友人であるチャック・スポルディングとドクター・トラベル、ホワイトハウスの料理長であるレネ・ヴァードンと数人のスタッフでした。スタッフの中にフィドルとジルも含まれていました。ケネディ大統領の行くところにはどこにでもついていく記者の一団もいました。

その中にはタイム誌のホワイトハウス担当記者のヒュー・サイディがいました。のちに、サイディはある夜パーム・ビーチで、大統領から盛大な夕食に招かれたことを回想しています。その場にはスポルディングとフィドル、そしてジルも出席していました。そのときのことをサイディは「奇妙な夜」だったと語っています。大統領は長々と語り、ジョークを言い、このうえなく無防備な態度で突飛な話をしていました。夕食が終わり、サイディは、フィドルとジルに彼女たちが泊まっているホテルまで車で送ろうと申し出ました。サイディも彼女たちと同じホテルに泊まっていたのです。それが気まずい事態を引き起こしました。フィドルとジルは彼に、自分たちの車で来ていることを告げました。しかしそれにもかかわらず、彼女たちも帰ろうと立ち上がりました。彼女たちは一度車に乗り込んでから、サイディのところにきて、車のエンジンがかからないから電話をかけるために戻らなくてはならないと言いました。その瞬間、サイディの疑問は雲のようにぱっと消え去りました。「ヒュー、お前は馬鹿だな」、彼はそう独りごちました。

ホワイトハウスでの私の冒険は、ジャクリーン・ケネディにインタビューを申し込んだことから始まりました。でも、ホワイトハウスにいる間に彼女に会ったことはおろか、見かけたことすらありません。その理由の一つとして、彼女のオフィスは東棟にあり、私は西棟で働いていたことが挙げられます。東棟と西棟はホワイトハウスの反対側にありました。九〇メートルも離れていないのに、この二つは別世界でありそれぞれ独立して動いていました。プレスオフィスの同僚の誰かが東棟に行くと言っているのを聞いたことがありません。

しかし、彼女に会うこともその姿を見ることもなかったのは、一九六二年の夏、ケネディ夫人がホワイトハウスにいなかったことが最大の理由です。大統領とともにメキシコを六月に公式訪問し、申し分のないスペイン語でスピーチをしてメキシコ大統領を魅了した後、彼女は三か月という長い休みをとり、基本的にワシントンにはいませんでした。しばしば長い週末を子どもたちとこもっていたグレン・オラに加え、ハイアニスにあるケネディ家の邸宅からあまり離れていない場所にも、夫人は寝室が七部屋ある家を借りていました。八月七日から三十日まで娘のキャロラインとともにイタリアに行き、帰国するとロードアイランドのニューポートにある、夫人が子ども時代に暮らしていたハマースミスの農園に直接向かいました。そして子どもたちと一緒に十月初めまでそこで過ごしました。その後やっとホワイトハウスに帰ってきたのです。だから大統領は私と長い時間を過ごせたのです。

当時の多くのアメリカの若い女性と同じように、私もケネディ夫人の堂々とした身のこなしと、ファッションセンスを賞賛していました（私の母も同様でした。彼女は一九六一年にケネディ夫人がホワイトハウスでミス・ポーターズ校の同窓会を主催したときに夫人に会ったことがあります。母は自分のアルバムに、招待状と、浮き彫り印刷が施されたホワイトハウスの二つ折の紙マッチを挟んでいました）。誰もが、彼女は献身的な母親であり、夫を支える妻であると称えていました。そして一人の女性としては——これは後日まったくもって明らかになることです——非常に力強く、すばらしい人格の持ち主でした。後になって私は、彼女の人生における自分の役柄に対して罪の意識を感じていないことを恥ずかしく思いました。十九歳の私にとって、ケネディ夫妻の結婚生活の侵略はありません。単に夫人が出かけている間、大統領の時間を独占しただけだったのです。私と大統領の関係に彼女の影がのしかかってこなかったのは、おそらく夫人が夏中、出かけていたからです。わずかな例外をのぞき、大統領は私といるときに夫人のことは話しませんでした。そしてもちろん、好ましくない、批判的な意見は言いません。私はただ大統領からの誘いの合図を受け止めていただけなのです。他の多くのことと同じように、私はこれにも痛みを感じます。大統領と夫人との間に問題がないのなら、なぜ私がここにいるのだろうと思っていたのです。

のんきに聞こえるのはわかっています。でもこれが真実でした。前にも書いたように、私は自分が大統領の生活の中で、唯一の「他の女性」ではないと考えたことはありません。私は単純にそのことについて考えるのを拒否していたのです。

もっと後になり、大統領の伝記が出版されるようになってから、私は彼の戯れの恋の全容を理解し始めました。そのとき初めて、私はミス・ポーターズ校のもう一人の若い卒業生であるヘレン・チャフチャパーゼや世知に長けた社交界の有名人にして魅力的な元記者であるメアリー・ピンチョー・マイヤーのことを知りました。自伝作家たちにとって二人はアイドル的存在でした。

その大きな理由は、彼女たちが大統領の愛人たちの中で名前が判明している数少ない存在だったからです。私と違い、この二人の女性は透明人間ではありません。彼女たちはケネディ一家の社交生活の重要な部分に長年にわたって関わり、大統領の子どもたちに会ったり、夫妻の成功に乾杯したりすることもありました。そして一九五〇年代には上院議員夫人として、一九六〇年代には大統領夫人としてケネディ夫人が親しい人たちを招いて開催した晩餐会にも出席していました。

この女性たちのことを読んだとき――そして何人かとは、私と同じ時期に浮気をしていたことを知り、彼に関する二つのことを理解し始めました。

まず一つ目は、大統領が自分の浮気を妻から隠すために細心の注意を払っていたことです。大統領は夫人のことを、野心の実現を助けてくれる完璧なパートナーとして偶像化していたのだと思います。彼は彼女を台座に乗せ、それを私を含めたすべての「他の女性」たちが決して入ることを許されていない、私的な空間に置いていたのです。

そして二つ目は、彼は常に自分自身を守っていたということです。子どもたちを育て、夫として暮らし、党を率いて国を動かし、世界中を旅し、民主主義のビジョンを追求しつつ、どうやって自分を守っていたのでしょうか？

壁を築き、すべてをはっきりと区別することで大統領は自分を守っていました。そして誰にも完全には自分を理解できないようにしていたのです。

（注一）ケネディ大統領の優秀なスピーチライターだったテッド・ソレンセンは、二〇〇九年に彼の回顧録『カウンセラー』の中で、ケネディ大統領について次のように書いています。「上に立つものとして、ケネディ大統領の唯一の、そして注目すべき弱点は、人を解雇したがらない――現実的には、解雇できない――ことだった。代わりに彼は、そういう人を昇進させることすらあった。ケネディ大統領のこの欠点を私が最初に発見したのは、彼が上院議員の頃、自分の下で働いていたイヴリン・リンカーンについて私に話してくれたときである。イヴリンは忠誠心があり、熱心で勤勉で、完全に信頼できるチームの一員だった。しかし彼女には、その頃増え続けていた彼宛の重要な電話や文書を管理する知的能力が欠けていた。大統領は彼女を解雇しようとしたが、彼女はそれでも仕事をするために自分の席に毎日通い続けていた。ケネディ大統領は彼女を雇い続け、彼女の忠誠心を評価するためにホワイトハウスにも連れて行ったのである」

（注二）ミーダーのLPは七百五十万枚以上売れ、現在でもコメディのアルバム部門では第一位の売り上げを記録しています。当時、ラジオでよく流れていて、寮の部屋でも居間でも、どこでも耳にしました。

（注三）一九六二年にピューリッツァー賞のドラマ部門を受賞しました。

第七章

大統領はとても虚栄心が強く、見かけにこだわる人で髪に関しては特にそうでした。その夏の間、彼はたびたび執務室に私を呼び、テレビの記者会見の前に髪の手入れをしてくれるように頼んでいます。どうやら、もともと一九六〇年の選挙戦のときから始まった毎日の儀式のようです。大統領はニューヨーク北部で生まれたブランド、フランシス・フォックスの製品にこだわり、それしか使いません。私がヘアトニックと琥珀《こはく》色のクリームで地肌をマッサージしている間、大統領は揺り椅子に深く座り、目を閉じているのが気に入っていました。それから私はブラシで——櫛《くし》は絶対に使いませんでした——、髪をぴったりととかしつけました。この間に誰かが部屋に入ってくることがときどきありましたが、大統領は意に介することなく、私に髪の手入れをさせながら訪問者と話をしていました。

そのとき以外は、私は今まで通りプレスオフィスでの仕事を続けました。雑用や電話の応答、さらに配信されたニュースを綴じたり、プレスリリースを配ったり、報道写真をファイルにまとめたりしていました。しかし夏が過ぎるにつれ、以前に比べ仕事に打ち込む気持ちが冷めていきました。そして前よりももっと長い時間、大統領との関係について考え、彼の個人的な領域に入り込むようになっていました。

私たちは長い時間を一緒に過ごし、親密度は高まっていました。でも私は従順なパートナーにすぎなかったのです。もともと私たちの力の差が大きすぎたのです。一緒に過ごしているとき、私が大統領をジャックと呼んだことは一度もありません。セックスの最中にすら私は彼のことを「ミスター・プレジデント」と呼んでいました。今でもそう呼んでいます。これは私の心構えであり、変わることはありません。近侍、コック、シークレットサービス、デイヴのように親しい友人であっても大統領をミスター・プレジデントと呼ぶ人々が存在することを思うと、まったく当たり前のことでしょう。他の呼び方のほうが不適切です。

大統領が週末、ハイアニスに行ってしまうと、私はぼんやりと当てもなく過ごしました。ルームメイトは毎週末、私を放って街に遊びに行っていました。私は洗濯をしたり、ジョージタウンの街に出てウィンドウショッピングをしたりして過ごし、夜はベッドで本を読んでいました。人に自慢できるような社交的な生活はありません。一度だけ、カクテルパーティに行ったことを思い出します。後に知事になり、ウェストヴァージニア州の上院議員となったジェイ・ロックフェラーがジョージタウンで開催した集まりでした。そこにいた人々みんなは大学を卒業したばかりなのに、超大物のために「本物の仕事」をしているように見えました。私も重要な人のために働いていると思っていましたが、私の能力はとるに足らないものです。この街で最も重要な人と不倫関係にあるという事実は、ここでは私にいい効果をもたらさないし、話せるようなことでもありません。ですから私は飲み物をゆっくりと飲みながら、自分が完璧に場違いだと判断し、早めに家に帰りました。私はいつも月曜日が待ち遠しくてなりませんでした。

夏の終わりに近づく頃、大統領は平日の午後に仕事を早く切り上げ、客人たちを連れ、セコイアという名の大統領専用のヨットでポトマック川のクルージングに出かけることがありました。セコイアは一九二五年に作られた全長約三〇メートルの美しい船で、船内には大広間といくつかのデッキがありました。柔らかなそよ風がワシントンの過酷な暑さを和らげる中、客たちはデッキでカクテルを楽しむことができました。デイヴや、マサチューセッツの下院議員で大統領のハーバード時代のルームメイトのトルバート・〝トビー〟・マクドナルド、海軍次官で大統領の戦友であるポール・〝レッド〟・フェイがよく参加していました。このクルージングは男子学生の友愛

郵便はがき

料金受取人払郵便

牛込支店承認

5073

差出有効期間
平成26年 5 月
31日まで
切手はいりません

1 6 2-8 7 9 0

東京都新宿区矢来町114番地
神楽坂高橋ビル5F

株式会社ビジネス社

愛読者係 行

ご住所 〒 TEL: ( ) FAX: ( )		
フリガナ お名前	年齢	性別 男・女
ご職業	メールアドレスまたはFAX メールまたはFAXによる新刊案内をご希望の方は、ご記入下さい。	
お買い上げ日・書店名 年 月 日	市区 町村	書店

ご講読ありがとうございました。今後の出版企画の参考に
致したいと存じますので、ぜひご意見をお聞かせください。

書籍名

お買い求めの動機

1　書店で見て　　2　新聞広告（紙名　　　　　　　　）

3　書評・新刊紹介（掲載紙名　　　　　　　　）

4　知人・同僚のすすめ　　5　上司、先生のすすめ　　6　その他

本書の装幀（カバー），デザインなどに関するご感想

1　洒落ていた　　2　めだっていた　　3　タイトルがよい

4　まあまあ　　5　よくない　　6　その他(　　　　　　　　)

本書の定価についてご意見をお聞かせください

1　高い　　2　安い　　3　手ごろ　　4　その他(　　　　　　　　)

本書についてご意見をお聞かせください

どんな出版をご希望ですか（著者、テーマなど）

会の催し物のような礼儀正しい雰囲気でした。参加者は女性よりも男性が多く、そして同伴する女性は必ずしも夫人である必要はありませんでした。私はいつも、「プレスオフィスのピエールの下で働いているミミ」と紹介されていました。

ある日の午後、私は一人の女性に紹介されました。その人は私がプレスの仕事でそこにいるわけではないことをすぐに見抜きました。彼女はフロリダ州上院議員ジョージ・サマースの下で働き、彼と不倫関係にあると噂されていました。上のデッキで一緒に飲み物を飲んでいると、彼女は私を脇に連れて行きました。

「ここにいるにはあなたは若すぎるわ」、彼女は言いました。「あなたはこのことを後悔するようになるわ。周りを見回して、自分が二十五歳になっていて人生に多くの時間が残されていないことにある日突然気がつくはずよ」

私は腹部を殴られたように感じました。どうしてこの人はわかったのでしょう？　私は精一杯ミス・ポーターズ校で身につけた落ち着きを取り戻し、言いました。

「何のことを話していらっしゃるのか、わかりません」

大統領の権力とカリスマのせいで目が見えなくなっている、無茶な女の子でした。大統領との関係を秘密にすることに全力を傾けていました。知らないそぶりと否認以外にどう反応できたでしょうか？　ある意味では彼女に言った言葉は真実でした。私は大きなお世話だとはねつけるために言ったのですが、彼女が言っていることを本当に理解していませんでした。自分が若すぎることも、深みにはまっていることも、この情事の魅力は時が経つにつれて薄れていくこともわかっていませんでした。既婚男性に振り回され続けることが不健全なことも、今していることの結果がいつか訪れるであろうことも。私は二十五歳になった自分の生活を想像することすらできなかったのです。私は十九歳で、その瞬間を楽しく生きていました。二十五歳は一〇〇万マイルも先のことのように思えたのでした。

八月の半ばのある日、いつものように執務室で髪の手入れをしていると、大統領は突然、ヨセミテ国立公園に行ってみたいかと尋ねました。大統領はまるで映画に行きたいかどうか聞くように気軽な雰囲気で口にしました。大統領は、その頃問題化しつつあった環境保全問題について発言するように内務長官のスチュワート・ユーダルに促されていること、そのためには西部にあるいくつかの自然名所を訪問することが効果的であることを説明しました。私もその場所を美しいと思うだろうと考えた大統領は、一緒に行ってみたいかと尋ねたのです。

もちろん、そのような旅行のアイデアは拒否しがたいものでした。私はヨセミテに行ったことがないどころか、これまでに飛行機に乗った回数も片手で数えられる程度。私は承諾しました。心の底から行ってみたかったのです。大統領は手配はデイヴがしてくれると言いました。

八月十七日金曜日、大統領は首脳陣と先遣隊、そして空軍の協力がなければ成し遂げられない、めまぐるしい視察旅行に出発しました。まずサウスダコタ州のピアにあるオアへ人造ダムを訪れ、その日のうちにコロラド州のプエブロに到着し、ここで水資源プロジェクトを視察し、地元の政治家からオールドウェストの象徴である鋳鉄のフライパンを贈呈されます。そこからカリフォルニア州に飛んでヨセミテ国立公園で一晩を過ごし、同じくカリフォルニア州のロスバノスにあるサンルイスのダム計画を短時間で視察するという日程でした。

私はプレスオフィスの機材や他のホワイトハウスのスタッフと一緒に空軍の支援機に乗り込みました。大統領の視察旅行が王様の旅行のように贅沢であることにすぐに魅了されました。なにもかも成り行きに任せるつもりで、不安に思うことはなに一つありません。自分のスーツケースをホワイトハウスのどこに置いておけばいいのか、アンドルーズ空軍基地まではどの車に乗ればいいのかも指示されました（大統領は私たちと一緒ではありませんでした。彼はヘリコプターで出発したのです）。チケットを出したりしまったりすることも、重い荷物を自分で運ぶこともありません。私の名前は、みんなと一緒に正式な乗客名簿に記載されています。その名簿を見たプレスオフィスの他の女性たちから自分が反感を買うかもしれないことすら気づいていませんでした。私たちは陸軍の儀礼兵に先導され、アンドルーズ空軍基地に出発しました。駐機場で車を降り、長い階段を上って飛行機に乗り込みました。機内には食べ物や飲み物が用意されていました。

到着すると、スーツケースは直接部屋に運ばれていると教えられました。

ヨセミテは月面のように荒涼としていて美しく、今まで私が東海岸で見てきた風景とは似ても似つかない場所でした。ここで私はぶらぶらして過ごし、大統領に呼ばれるのを待っていました。それが私の役目でした。ですから、大統領の随行員たちがみんな、アワニーホテル――巨大な石でできた暖炉と塗装木材を使った梁のある、とても巨大な山小屋で、そこからはヨセミテの滝が見えました――の中を自由に動き回っている間、私は部屋から出ることすらしませんでした。私はやがてこれを持久戦のようだと考えるようになりました。

「動かないでくれ」、到着したときにデイヴは言いました。「大統領が呼んだら、電話をかける」

ですから私はそうしました。動かなかったのです。私は椅子に座り、そこから一マイル（一・六キロ）も離れていない滝を窓から見ていました。滝は全長三三〇メートル近くあり、花崗岩の断崖《だんがい》をリボンのように水が流れ落ちていました。夕方になり日の光が薄れてくると、私はルームサービスを頼み、一人で食べ物をつまみながら大統領の電話を待っていました。今、描写してみるともの悲しい風景のように見えます。でも当時、自分で自分を哀れんだり、寂しさを感じたりしていたとしても、そのことは思い出せません。本当のところを言うと、自分が大統領の側近の一人であり、八月の半ばの暑苦しいワシントンD.C.から抜け出せたことにわくわくしていました。そして一番大きな興奮材料は、ケネディ大統領と一緒に過ごせることです。私は彼のスイートルームから三つ目の部屋を割り当てられていました。その日は私たちがホワイトハウスの外で初めて一緒に過ごす夜になるはずでした。

八時三十分頃デイヴ・パワーズが現れ、私を大統領の部屋に連れて行きました。私がドアをノックすると大統領が応えました。部屋に入っても大統領は私を抱きしめることも、キスすることもありませんでした。実際私は、大統領にキスをされた記憶がありません。会ったときも別れるときも、セックスの間でさえも。代わりに、大統領は私がそこにいるのに驚いたように、上機嫌で挨拶しました。それから彼はくつろいだ様子で椅子に座り、私の外見を褒めた後、今日一日がどうだったかと尋ねました。私はその日一日、自分の部屋で何をしていたか、つまり、ただ待っていたことについては何も言いませんでした。しばらくすると、大統領はベッドに移動し、縁に座って靴を脱ぎました。大統領は私が頼まれなくても近くに来て、着替えを手伝うことをよく理解していました。

私たちの関係がロマンティックだったと言えません。これは性的な関係でした。親密で情熱的でした。しかし私たちの間にはいつも遠慮が壁を作っていました。それが一度もキスをしたことのない理由の説明となるでしょう。私たちの間にある年齢や権力、経験の大きな格差が、この情事がそれ以上の真剣なものにはならないと裏付けていました。私もそんな幻想は抱いていませんでした。

私は自分の役割をよく理解し、それを上手に演じていました。彼にとっていい交際相手だったはずです。その理由の一つは彼が一人になるのを嫌ったからで、私のような女の子と気分転換がしたかったからでもあります。私のように若く、エネルギーに満ち、彼が望むことなら何でも一緒にしてくれる人と。普段はプレスオフィスのスタッフのことや、彼らが互いにどう言っているかを冗談のねたにしていました。大統領は噂話が好きで、よりおいしいゴシップを好みました。笑うことも大好きでした。

ある日、彼はミス・ポーターズ校で習った歌を覚えているかと尋ねて私を驚かせました。とても奇妙なリクエストでしたが、私は大統領の願いをかなえました。私が歌い始めると彼はくすくす笑い始めました。それは私の望んだ反応ではありませんでしたが、その理由がわかりました。大統領は、紳士録に載っている親戚がいる女の子がカエルのような歌声なのに笑いがこらえきれなかったのです。

友人たちはケネディ大統領に恋していたのかとためらわずに私に尋ねます。私は用心深く「そうは思わない」といつも答えていますが、しかし「もちろん、恋していたわ」というのが本当の答えです。その恋の一部は英雄崇拝であり、一部は女学生の片思いでした。権力に近づくことのスリルもありました。それはパワフルで激しいものでした。大統領と一緒にいると、いつも自尊心が高まっていました。純粋により大きな生の手応えが得られ、より特別な気持ちになれたのです。しかし、私がこんな状況を理解していたことも明らかにしておきたいと思います。私たちの関係が平等ではないこと、私の愛が報われないものであることはわかっていました。結局のところ、彼は自由主義世界の指導者です。しかも、既婚の自由主義世界の指導者だったのです。そして私はまだ投票権も持たないほど子どもでした。

ヨセミテを発ち、私たちはロサンゼルスに飛びました。そしてビバリーヒルトンホテルに移動しました。大統領は土曜日と日曜日の午後を妹のパットと義弟のピーター・ローフォードと一緒に、サンタモニカにあるビーチハウスで過ごしました。その間、私はホテルに残り、夕方に彼が帰ってきて私を呼び出すまでの間、またもや持久戦をしていました。これはまったく難しいことではありません。ホテルの敷地内はとても豪華で、巨大なプールもあり、十分すぎるほどの娯楽がありました。

私は一度だけ、カリフォルニアからワシントンに戻ってくるときに大統領専用機に乗りました。それはまったく偶然の出来事です。スタッフの一人がワシントンに一足早く戻ったため、座席が一つ空き、それが私に与えられたのでした。専用機の乗客の慣習に従い、私は大統領よりもかなり早い段階で飛行機に乗り込みました。私はキッチンのすぐ前の、後方の席に他の若手のスタッフとともに座りました。大統領と私たちとの座席は会議室で区切られ、大統領の周りには親しい仲間たちだけが座りました。このときはケニー・オドネル、デイヴ・パワーズ、ピエール・サリンジャー、そして大統領と連邦議会との連絡役であり、ユーダルの秘書官でもあるラリー・オブライエンがいました。座席は広くて豪華で、すべてに大統領の印章が刻まれていました。初めて大統領専用機に乗った人はナプキンやコースター、紙マッチなど、何か記念に持って帰っていいというのが通例でした。しかし観光客のような気持ちになりたくなかった私は、それを断りました。

その夏、私はもう一度、大統領と旅行に出かけました。行き先はヨセミテやビバリーヒルズのように風光明媚《めいび》な場所ではありません。ソビエト連邦との宇宙開発競争が大統領の優先事項であり、彼は人類初の月面着陸を成功させようと決意していました。そのため視察の日程には、アメリカの主要な航空施設と宇宙設備が含まれていました。アラバマ州ハンツビルにあるNASAのジョージ・C・マーシャル宇宙飛行センター、フロリダ州ケープ・カナベラルのアメリカ東部宇宙ロケットセンター、ヒューストンに新しく設立されたジョンソン宇宙センター、そして最後にセントルイスにあるマクドネル・エアクラフト・カンパニーを訪れる予定です。この会社はNASAのマーキュリー計画とジェミニ計画のための部品を製造していました。ヒューストンで一泊するだけの慌ただしい二日間の視察旅行でした。私はこのときも支援機に乗りました。

このときの支援機はVIPたちでいっぱいでした。リンドン・ジョンソン副大統領の他に、陸軍長官のサイラス・ヴァンス、NASA長官のジェームス・ウェッブ、そしてちょっとその場に不似合いですがテレビタレントのアーサー・ゴドフリーも乗っていました。ゴドフリーはパイロットでもあり、航空業界を代表する熱心なご意見番です。

その旅は到着も出発もぼんやりとしか記憶していません。最も鮮やかに覚えているのは、フロリダとヒューストンの間を飛んでいるとき、ジョンソン副大統領が私の席に現れたことでした。副大統領は立ったまま私を見下ろし、礼儀正しく自己紹介しました。私は立ち上がろうとしてシートベルトと格闘しましたが、うまくはずせません。その夜、ホテルで大統領に副大統領と話したことを話すと、彼はほんの一瞬落ち着きを失いました。

「彼には近寄るな」大統領は言いました。

そのときには大統領の答えを奇妙だと思いましたが、今になるとプライベートな領域から私が飛び出してしまったことで大統領が警戒していたことがわかります。おそらく彼はリンドン・ジョンソンのような経験豊富で抜け目のない政治家——「知識は武器である」という格言の生ける証でした——であれば、私が何者でなぜ飛行機に乗っているのかを察し、それを彼より優位に立つために利用するだろうと不安を感じたのでしょう。

大学に戻って二年生になる日が近づいた九月、私は両親に退学してワシントンに残らせてほしいと懇願しました。両親は、私が学業を捨ててホワイトハウスで身分の低い仕事——インターンシップが終わった後、私に就職先があるとすればそういう仕事でした——に就くのを気にしていないようでした。ケネディ政権の力や魅力のあまり、近くにいることに惹かれたのは私が最初ではありません。政権内部の人はそれを「ホワイトハウス熱」と呼び、知っている範囲ではホワイトハウスで働いている人はみんな、その熱に苦しめられていました。両親は私が政治に恋をし、天職として追求するのだと思い込んでいました。他のもっと個人的な理由でワシントンに残りたがっているとは疑っていません。しかし最終的には、両親は経済的な理由で私の計画に反対しました。両親はすでにその年の授業料を払っており、そのお金を無駄にすることは望まなかったのです。

私はそれを聞き入れましたが、幸せな気持ちではいられません。開放的で刺激的な夏を経験した後に、女の子だけの静かで、校則も厳しいウィートン大学に帰るのを考えると気が滅入ったのです。

大統領に大学に戻ることを伝えると、彼は頻繁に電話をすると約束しました。そのような電話は大統領にとって問題になるだろうと指摘すると、彼はもうそのことは考えてあるから大丈夫と言うのです。マイケル・カーターという偽名を使うから、というのです。大統領は自分を捨てて大学に戻るんだとからかい、ナット・キング・コールの歌う「枯葉」を公邸のステレオでかけまくりました。そして「しかし僕は君がとても恋しい　秋になって木々の葉が落ち始めると」という歌詞の部分がくると、私によく聞くように言いました。彼は涙もろくセンチメンタルな一面を持っています。そしてそれを知られることを怖がりません。

ホワイトハウスを離れる直前、私はそのレコードを買い、ジャケットを公園で集めた落ち葉で縁取りして大統領に送別の品として贈りました。

「僕を泣かせようとするんだね」大統領は言いました。

「泣かせようとしているのではありません、大統領」私は言いました。「私を覚えておいてもらおうとしているんです」

第八章

驚いたことに、大統領は私のことを忘れたりしませんでした。

一九六二年九月半ば、私は毅然《きぜん》とした態度でウィートン大学に戻り、二年生用の寮に移りました。そして授業が始まって一週間も経たないうちに、マイケル・カーターから最初の電話がかかってきました。

昼間、様々な会議や公式行事に出席する多忙な中でもケネディ大統領は一日に平均して五十本の電話をかけることで知られていました。電話の多くは朝に家を出る前と、夜に家に帰ってからかけていました。かつて大統領は、電話が自分にとって日常的な世界と自分をつなぐライフラインだと話していました。ホワイトハウスで私と一緒に過ごしていても、彼はいつも友達や議員、兄弟や姉妹に電話をかけていました。彼は静かに座っていることができない人間です。情報をあさったり、思いきり笑ったり、人間との関わりを求めたりすることに自由な時間を使わずにはいられなかったのです。

私が部屋にいるだろうと思うと、すぐ大統領は電話をかけてきました。そんなときは、おそらく彼も一人で過ごしていたのでしょう。寮の個室には電話がないので、一階に備え付けられたものを使っていました。大統領もその番号に電話をかけてきます。電話番の女の子は、電話をかけてきた人の名前を大きな声で叫んで知らせました。大統領がボストン訛《なまり》で「カーター」と言うと、「コッタ」に近く聞こえました。そのためホール中にその名前が響き渡りました。「ミミ・ベアードスレイ、マイケル・コッタから電話よ」

驚くべきことに、誰もそれが大統領の声だとわかりませんでした。大統領も自分の正体がばれるのではないかと心配しているようには聞こえませんでした。大統領はどんな危険が冒せるか、自分がどこまで行動できるか、どの行動が法律的に罰せられ、暴露されるかを察知する鋭い感覚を持っていました。寮に電話をしてくるマイケル・カーターがアメリカ合衆国の大統領かもしれないと疑うような若い女性はいないと、彼の生存本能が告げていたに違いありません。

大統領は電話でたくさんの小さな質問を浴びせてきました。まるで世界のすべての時間が自分のものであるかのようでした。何の授業を取っているんだい？　いい先生たちかい？　何の本を読んでいる？　他の女の子は面白い？　他の子とどんな話をしているの？　夕食には何を食べたんだい？　とても大統領らしい会話でした。彼はつきることのない、旺盛な好奇心を持っていました。彼は新鮮な情報やちょっとしたニュースを与えてくれる人であれば誰でも――閣僚からアシスタントまで――詮索していました。

どうやら、ウィートン大学の二年生の暮らしぶりがそのとどまるところを知らない好奇心の的になったようでした。大学生活の話は大統領を楽しませたらしく、彼はいつも飽きることなく聞いていました。大統領がぶっきらぼうだったり、話に集中していないように聞こえたことは決してありませんでした。彼はこの世にあるすべての時間が、私の話を聞くためにあるかのように振る舞いました。男女交際について具体的に尋ねられたとき、私は面白く聞こえるように、ありもしない若い男性とのデートの話をでっち上げたい衝動と闘ったほどです。本当のことを言うと私に交際する相手はいませんでした。相手がわからないブラインドデートを数回しましたが、忘れられないほどの印象を残す男性はいませんでした。そもそも大統領に対抗できる大学二年生がいるでしょうか？

おそらく私が幼くて天真爛漫《らんまん》だったからこそ、大統領は会話を楽しんでいたのです。私たちは政治や国の安全保障、その日のニュースについては話しませんでした。私が大統領にホワイトハウスでの生活や週末の計画について質問をして彼を煩わせることもありませんでした。私はただ、自分の生活や単純な日々の問題――気難しい寮の友達や退屈な先生とどうやってうまくやっていくかについて話しているだけで、大統領はそこに安らぎを見いだしているようでした。

「いつワシントンに来られるんだい？」大統領は会話の終わりに必ずそう尋ねました。私は手帳を取り出し日程を決めました。

そこからはデイヴがすべて手配してくれました。寮まで車が迎えに来て、三時間かけてニューヨークのラガーディア空港に送ってくれます。空港に向かう車の中で、私は授業のために必要な資料をいくつか読んでから、ロードアイランドの美容室に寄り、車を待たせて髪を洗いセットしてもらいました。ラガーディア空港につくと、イースタンエアラインの定期往復便のデスクに、すでに支払いを済ませた航空券が用意されています。ワシントン・ナショナル空港（現在のロナルド・レーガン・ワシントン・ナショナル空港）に到着すると、「マイケル・カーター」と書かれたサインを持っている運転手が私を待っていました。そして私はホワイトハウスに向かうのです。

五十年が経った今でも、あるイメージがしばしば頭に浮かびます。その中では一九六二年の私が黒いリムジンの後部座席に座り、宿題を片付けています。同時に、自分が十九歳で、大統領と寝るためにワシントンに向かっているということを頭から締め出そうとしているのです。この二面性は当時の私らしいものでした。やるべきことを書いたチェックリストに一つ一つ目を通す律儀な娘としての一面と、自分の周りで何が起きようと気にしない奔放《ほんぽう》な一面がありました。私もまた、生活の領域でそれぞれきちんと区別しておくことを知っていたのだと思います。

ホワイトハウスに向かうリムジンの中で初めて、私は大統領のことを考えました。私は化粧はおろか、口紅すら塗っていません。バッグから手鏡を取り出し、髪型と顔だけを確認しました。私は大統領に話したいと思っていたことを一つか二つ、繰り返し練習しました。ワシントンで仕事をするために大学をやめたいとまで思わせたホワイトハウス熱は消えていません。それはただ姿を潜めていただけでした。それは私の大きな秘密であり、ウィートン大学の誰にも話していません。私は授業でも図書館でも寮でも、平均B＋の成績を取るために常に忙しくしていました。しかしヴァージニア州からポトマック川にかかった橋を渡って、コロンビア特別区に入りホワイトハウスが視界に飛び込んできたとき、以前の感情が強くよみがえってきました。そのとき私は、ホワイトハウスにいる人たちをどんなに恋しく思っていたのか、そして自分がそこでどれほどの活力を感じていたのかに気づきました。

奇妙なことに、私がワシントンに行くことを不審に思う学校の友達はまったくいませんでした。大学は全学生にキャンパスを離れるときには、寮の玄関にある記録帳に、行き先と宿泊場所、帰る日を書くように求めていました。先生と学生部長は私の行き先がホワイトハウスであることに感心するあまり、どこに泊まるのか一度も尋ねませんでした。もし聞かれたら、私は「ジョージタウンの女の子の友達の家に泊まる」と答え、ホワイトハウスのプレスオフィスは常に、週末、臨時に手伝ってくれる人を求めていると付け加えるつもりでした。ホワイトハウスが人手を必要としているのは、表向きには正しいことですが、私を必要としているわけではありません。ワシントンに行ったときに、私がプレスオフィスを訪ねることはほとんどありませんでした。私は大統領公邸で過ごしていたのです。

一九六二年十月、ワシントンに二度目の「デート」旅行をしました。土曜日の午後、私を迎えてくれたのは、いつもの活気ある大統領ではありませんでした。彼は緊張していて、何かに気を取られているように無口でした。目の下には茶色いクマができていました。会ってすぐの三十分も経たないうちに、私はなぜ彼と一緒に過ごすために呼ばれたのか訝《いぶか》しく思ったほどです。その夜、彼は気もそぞろにひっきりなしに電話をしていました。

当時、大統領には気がかりなことがたくさんありました。その数日前の十月一日にはある一連の異議申し立てが最高裁判所で結審し、黒人として初めてジェームス・メレディスがミシシッピ大学への入学を許可されました。しかしメレディスが授業に現れたとき、州知事と州副知事が大学内に入るのを阻みました。そのため大統領は、州知事に対して法的措置を取り、メレディスを保護するために大学に兵士を派遣しなくてはならなくなりました。その後、暴動が発生して二人が亡くなりました。しかし最終的にメレディスは大学で彼にとって最初の授業に出席し、大統領は就任以来避けてきた大きな社会的な問題「人種問題」に対して、正式な意思を表明したのでした。結果、支持率は急上昇しました。本来であれば、私が到着したとき、大統領は喜んでいるべきでした。

そのとき私は大統領が任期中で最も劇的で緊迫した事件となる出来事——キューバのミサイル危機のまっただ中にいたことを知りませんでした。

私が日曜日に大学に帰ってから二週間、大統領から電話がかかってきません。それは異例です。私はもちろんそのとき、大統領がソビエト連邦がアメリカ本土からわずか九〇マイル（約一四五キロメートル）に秘密裏に建設している核ミサイルの基地を発見するために、U2偵察機のキューバ上空での偵察飛行を承認していたことは知りません。しかし十月二十二日になってこのニュースが流れ、私はようやく事態を理解しました。月曜日の午前中の比較政治学の授業で、ミントン・F・ゴールドマン教授は、その日の夜七時に予定されていた国民に対する大統領演説についてみんなで議論するため、講義を中断しました。みんな、大統領がキューバに配備されたミサイルを巡るソビエトとの対立について話をするのは知っていました。私はワシントンの彼のそばにいたいと心の底から思いましたが、みんなと同じようにテレビで観るほかありません。

寮にはテレビがなかったため、私は大学の卒業生会館にある白黒テレビを観に行きました。画面に映る大統領は、私が今までに見てきたどんな彼よりも真剣でした。会館は明らかに恐怖で満ち、何人かの女の子は手を握りしめていました。私は腕を組み、後ろのほうに立っていました。大統領がそのときの緊迫した状況について明らかにし、私たちの国に対する前例のない脅威について説明したときの緊張感を今の人たちに伝えるのは難しいことです。大統領が「何もしないことが最大の危険である」と国民に語ったとき、私は会館を見回し、自分と同じことを考えている女の子はその場にいないことに気がつきました。

寮に向かって歩きながら、私は恐怖ではなく切迫感を感じていました。ウィートンにいるときはホワイトハウスでの秘密の生活をきちんと切り離し、上手に隠せるようになっていましたが、このときは違いました。私は突然ワシントンに行きたくなりました。プレスオフィスに行き、その場のエネルギーと共通の目的の中にいたいと思いました。私は歴史か何かの一部になりたいと願いました。私がケネディ大統領のことを個人的な意味ではなく、歴史的な文脈で考えたのはおそらくこのときが初めてだったでしょう。この瞬間の彼は、私の恋人ではなく、その手に国家の安全を握る存在でした。

その夜、私はホワイトハウスに電話をしました。すでに私と知り合いになっていた電話交換手はデイヴにつないでくれました。

デイヴは明らかに大きなストレスにさらされていて、私と話す時間も余裕もありませんでした。「これからどうなるかは誰にもわからないよ」彼はぶっきらぼうに言いました。「週末が近くなったら連絡する」

次の四日間はゆっくりと過ぎていきました。後にキューバ危機と呼ばれるようになったその事件はニュースで大きく取り上げられ、一部の人々の間には強い懸念のムードを生み出し、多くの人々には完全なヒステリー状態をもたらしました。私たちは国の防空施設が不足していることを告げられ、ソビエトとアメリカが核戦争を行った場合にどれだけ死者がでるかという黙示録さながらの推測値に取り囲まれました。パニックとは言わないまでも、私自身が恐怖を感じていたことは認めなくてはなりません。そして正直なところ、私は自分がワシントンに行くことさえできればすべてはうまく収まると信じていました。これは幼稚で浅はかな思考でした。まったく理にかなっていないのに、どういうわけか、大統領のそば、そして政策が決定される建物の中にいれば私はもっと安全で、もっと守られているように感じられるだろうと思ってしまったのです。

その次の金曜日、デイヴから電話がかかってきました。私は寮の電話に走っていきました。「ワシントンに来てくれ。ケネディ夫人はグレン・オラに行く予定だ。車を迎えにいかせる」

私は一泊旅行用の鞄に荷物を詰め、翌朝、寮の記録帳に行き先を書き込んで出発しました。車がホワイトハウスの南ポーチに着くと、私はいつものように直接二階に上がりました。それから公邸の、大統領の寝室の隣にあるリビングルームでデイヴと私は持久戦に入りました。その間、大統領は自分が最も信頼するアドバイザーたちで構成された国家安全保障会議執行委員会、通称エクスコムとの会議を続けていました。それはキューバ危機に対応するために特別にホワイトハウスに設置された委員会でした。大統領はその後しばらくして、私たちのところにやってきましたが、明白に心ここにあらずといった状態でした。彼の表情は沈んでいました。大統領は普段、仕事を後回しにしてお酒を飲み、部屋の雰囲気を明るくしたり他の人に気を遣わせないようにしたりするために最善を尽くしていました。でもこの夜は違いました。ジョークも中途半端で、お葬式に出ているときのような調子でした。緊急の電話に出るために部屋から出て行った後、大統領は頭をふりながら戻ってきて私に冗談を飛ばしました。「共産主義者になってもいいから、子どもには生き残ってもらいたいよ」。これは政治的な発言でも、わざと軽薄を装うための演技でもありません。子どもを愛し、彼らが傷つくことに耐えられない父親の言葉でした。

夜遅くになって、大統領はデイヴと私に夕食を食べるように勧めました。私たちのためにローストチキンが用意されていましたが、すでに冷たくなっていました。その支度をしていると、ボビー・ケネディからホワイトハウスに向かっているという電話がありました。ボビーが到着したとき、私は寝室に下がっていたので会いませんでした。その結果、私は一九九三年に出版されたリチャード・リーヴスの伝記『President Kennedy: Profile of Power』（未邦訳）に書かれていたデイヴと大統領の会話の直接の目撃者にはなりませんでした。その場面は、ファーストフレンドというデイヴの役割を非常にうまく伝えています。どうやらボビーはこの危機を悲愴感いっぱいにまるで終末のように語っていたようでした。一方、デイヴはただ食べ続けました。「やれやれ、デイヴ」大統領は言いました。「君がチキンを食べ尽くし、僕の分のワインまで飲んでいるのを見たら、誰でも君にとってこれが最後の食事だと思うだろうね」

「ボビーが話しているのを見たら、これが僕にとってこの世の最後の食事だと思ったんだ」デイヴは平然と答えました。

大統領とボビーが、再びエクスコムの会議に出席するために一階に降りると、デイヴは私に何が起きているのか教えてくれました。大統領はこの危機を平和的に解決できると、ボビーよりもはるかに強く確信していました。彼はフルシチョフ首相に、キューバに侵攻しないと約束する書簡を送り、ソビエトがキューバからミサイルを撤退させれば海軍による海上封鎖を解き、キューバからミサイルを撤退させれば――

その夜、自分が大統領公邸にいたことが、今の私には非現実的なことに思えます。私がその場の一員でなかったのは間違いありません。でも公邸には人を中毒にさせるような魅力があります。その瞬間、私は地球上の他のどの場所よりも、そこにいたいと思っていました。

しかし能力に長けた大統領にとっても、キューバ危機はその平衡感覚に大きな負担を与えるものでした。私たちの逢い引きはいつも性的な熱を帯びていましたが、このときはそうではありませんでした。デイヴと私は遅くまで大統領を待っていましたが、会議は夜十一時を過ぎても終わりませんでした。そのため私はベッドに行くことに決めました。ようやく大統領が二階に上がってきたとき、私はすでに眠りについていました。その晩、大統領はデイヴと一緒に『ローマの休日』を観て緊張をほぐしたようです。

翌朝、学校に戻らなくてはならなかった私は早く起きました。大統領はすでに起きていました。八時少し前に私が手を振って出発したとき、大統領はベッドに座って電話をしていました。ですから十月二十八日の日曜日の朝、モスクワが午前九時に重要な発表をするという知らせが入ったとき、大統領は一人きりでした。ソビエトが条件を受け入れ、キューバからミサイルを撤退することに同意したとケネディ大統領が発表したとき、私はワシントンからプロビデンスに向かう列車の中に座っていました。大統領もアメリカ国民と同じように、モスクワのラジオ放送がフルシチョフ首相の書簡を読み上げた瞬間にそのことを知ったのです。

ホワイトハウス内の安心感は途方もないものだったに違いありません。かつてないほど「相互確証破壊」寸前まで近づいていたのです。その後、ピエール・サリンジャーの回顧録によると、大統領の顧問の多く、そしてプレスオフィスのメンバーたちはオフィスで寝泊まりしていました。サリンジャーは副報道官たちと交代で夜勤ができるよう、ホワイトハウスから一ブロックのところにあるホテルに宿泊していました。

バーバラ・ガマレキアンは初日の夜勤を割り当てられて、地下の防空施設で寝たことを二〇〇一年のニューヨークタイムズのコラムで回想しています。そこで彼女は、本当に「注意を引いた」のは白い封筒を手渡されたことだと書いています。その封筒の中には、避難する場合には公邸の北ポーチに報告するようにという指示が書かれたカードが入っていました。翌朝、彼女が着替えるために家に帰ると、同居人の一人は車に乗り込み、ワシントンから避難するためにフロリダに向かうところでした。このとき、首都は怯えあがっていました。

私の記憶の中の事件はそうではありません。ケネディ大統領がこの危機に対処するために、ロバート・マクナマラ国防長官、マクジョージ・バンディ国家安全保障担当大統領補佐官のような最も優秀な重要人物を集め、話し合っている間、私はホワイトハウスの二階で柔らかい寝具に包まれて赤ちゃんのように眠っていました。私はそのことを思い出します。その瞬間、私はそこが自分が存在しうる場所の中で、最も安全な場所のように感じていました。

第九章

大学の寮は十九歳の女の子たちでいっぱいでしたが、大統領とのセックスはもちろん、クラスメイトとセックス全般について話した覚えはありません。当時、それは封印された話題でした。映画にヌードシーンはなく、テレビは慎み深く健全で、広告は今日のどぎつい基準からするとあか抜けない退屈なものでした。一九六二年にヘレン・ガーリー・ブラウンが革新的な本『シングル・ガール――独身女性の甘い生活』(原題『Sex and the Single Girl』)を出版しました。この本は出版から最初の三週間で二百万部が売れたそうです。しかしこの本でもまだ、セックスの話題は非常に慎み深く扱われ、避妊に関する章は削除されて出版されました。それだけではなく、ヘレンはテレビに出演するときも「セックス」という言葉を使用することを禁じられていたのです。いずれにしても、私はその本を読んでいませんし、グレース・メタリアスの『青春物語』やロナ・ジャッフェの『大都会の女たち』のような、当時のきわどい小説も読んでいません。こういった小説はセックスについて書かれていたからこそ、当時人気を集めていました。一部の友人は男の子のことばかり考えていましたが、友達の間でセックスの話はタブーでした。当時はできるだけ長く、できれば結婚初夜まで処女を守ることが何か狂信的に崇拝されていました。

母や姉とですら、セックスについて話をすることはありません。今思い返すと奇妙なことですが、家族は私に対してあまり関心がなかったようです。家族は私のことを、夏休みにはホワイトハウスで働きたがり、残りの時期は大学で勉強して過ごす、行儀のよい女の子だと勘違いしていました。また、母がすべてを話すことを私に期待したり、私が個人的な問題や疑問について母に話せたりするような間柄ではなかったのです。母にはまだ面倒を見なくてはならない十代の男の子と女の子が家にいて、その他に家事と社交生活がありました。わざと私を無視していたわけではありません。単純に私のことを心配していなかっただけなのです。母は私が自分で自分の面倒を見られると思っていました。

もし私が誰かにすべてを打ち明けたいと思ったとしたら、その相手はおそらく姉のバフィーだったでしょう。彼女は私より四歳年上で、当時フィラデルフィアで働いていました。ケネディ大統領との最初の接触の後なら、彼女にそのことを話すことができたと思います。おそらく気詰まりで居心地の悪い会話になったでしょうが、相手が誰であるかは明かさずに処女を失ったという部分を強調し、彼女に切り出すこともできたでしょう。しかしそれはパンドラの箱であることに私は気づきました。一度開けたら、二度とふたを閉めることはできないのです。もし姉に話したら、彼女は私が誰と寝たのかを白状するまで問いつめ、それについて何か行動しなくては、と思うでしょう。姉はおそらくそのことを両親に告げ、両親は私にホワイトハウスのインターンシップをやめるように叱責したはずです。そんなことはまっぴらご免でした。

ですから私はこのことを隠し、何も言わないという方法を選びました。

こうして秘密が生まれたのです。

もしひと夏の浮気だったら、この秘密をウィートンのクラスメイトたちに隠すのは比較的簡単だったでしょう。しかしこれは浮気ではありません。関係は秋も冬も続き、大統領に会うために何度も旅行しました。そのため私は大統領に関する話が出ると、他人の目が気になるようになりました。何か口を滑らせてしまうことを心配したため、私は自分の中に引きこもり、孤立するようになりました。大学の行事にも参加せず、友達もあまり作りませんでした。しかし、だからといって、私は一日中ベッドに潜っていたり、不機嫌になったり、変なときに芝居がかったため息をついたりはしませんでした。恋煩い中のように、そわそわすることもありません。ですからおそらくミス・ポーターズ校のときのクラスメイトたちは、私の劇的な性格の変化に気がついていなかっただろうと思います。私はただ引きこもり、警戒していました。そしてその態度は何年にもわたり、私と友達との関係に影を落としました。

しかし私と大統領の関係は、冬の間も密に続きました。大統領は相変わらず私をホワイトハウスに呼び寄せ、公務旅行についてくるよう求めることもありました。そのような旅行がすべて、無条件に楽しかったわけではありません。特にある旅行はすばらしく嬉しいことと、打ちのめされるようなひどいことの両方が起きたため、私の記憶に残っています。

十二月初旬、大統領は西部の十一の州への視察旅行を予定していました。デイヴが私に電話をしてきて、この旅行の最後に訪れるニューメキシコ州のアルバカーキで大統領の側近たちと合流することができるか聞いてきました。そこから大統領と私は、パームスプリングにあるビング・クロスビーの家に行くことになっていました。大統領には休暇が必要でした。私はまた寮の記録簿に行き先を書き、ウィートンからワシントンに行かなくてはなりませんでした。ワシントンで乗ったのは大統領専用機の予備機でした。私はもうプレスオフィスの一員ではありません。なのに、私は民間人として公的なホワイトハウスの飛行機に乗っていたのです。ケネディ図書館に残っている資料によると少なくとも一人の匿名の記者が、私の役割に関心を抱いていました（今にして思うと、大統領専用機に大学の二年生が乗っているのに説得力のある理由があるわけないのです)。サリンジャーは記者の疑惑をそらすことに関しては、世界中の誰よりも熟達しています。きっと彼がすべての懸念事項をうまくうやむやにしたに違いありません。なぜならその後、何も起きなかったからです。

アルバカーキに到着すると、高地の砂漠で乗馬をするという壮大な体験をしました。日が沈むまで馬に乗り、私はホテルに戻り大統領とデイヴを待っていました。それから大統領のスイートルームで二人と食事をしながら、その日の午後の出来事を鮮やかに説明して彼らを楽しませました。すばらしい一日でした。そして大統領は本当に幸せそうでした。

翌日、私たちはパームスプリングにあるビング・クロスビーの家に向かいました。そこにはケネディ大統領に挨拶しようと陽気な人たち——その多くは芸能界の人でした——がたくさん集まっていました。私は、自分がすてきな秘密クラブに入るのを許されたように感じました。

しかしその後、その夜は悪夢に変わりました。

私は大統領の暗い側面が一瞬だけ現れるのを目撃したのです。大統領はめったにそういった面を見せることがなく、露わにするのも、知っている人と一緒にいるときにだけ、私に対して力を示す必要があると感じたときだけでした。私の大統領に対する賞賛の気持ちは現在も変わりません。もちろん大統領の性格の中にあるこの暗部を明らかにすると、彼を傷つける記録がもう一つ増えることになるのはわかっています。しかしこの暗い側面が姿を現した瞬間に大統領がとった行動を、私は記憶の中で修正加工することも無視することもできません。彼の行為は私の思い出を汚したのです。

クロスビーの家は砂漠に広がる、モダンで大きな平屋。パーティは騒々しいものでした。私がワシントンで目にしてきたものとは違う惑星の出来事のようです。ハリウッドの不良仲間たちがたくさん大統領の周りをうろつき、大統領はというといつものようにみんなの注目の的になっていました。

私がリビングルームで大統領の隣に座っていると、客の一人が黄色のカプセル――当時、一般的な錠剤だった亜硝酸アミルに似ていました――を一つかみ大統領に渡しました。その薬は心臓を刺激し、噂によるとセックスをよくするものだということでした。大統領は私にそれを試してみたいか尋ねました。私は断りました。しかし彼はそのカプセルを開け、私の鼻の下に差し出しました（大統領は病気の治療のためにたくさんの薬を常用していました。精力的に働くためにアンフェタミンに依存していたとも報告されています。でも大統領自身はその夜、その薬を飲みませんでした。私が実験台だったのです）。

粉を吸い込んで数分も経たないうちに、心臓の鼓動が速くなり、手が震え始めました。今までに経験したことのない感覚で、とても怖くなりました。パニックになり、泣きながら部屋を走り出ました。私はこれが心臓発作ではなく、すぐに収まるものであるように祈りました。ありがたいことにデイヴが追いかけてきて、家の裏の静かな片隅に連れて行き、薬の効果が消えるまで一時間以上、一緒に座っていてくれました。

その夜、私はケネディ大統領と一緒に過ごしませんでした。彼は、今ではケネディ棟という名前がつけられているスイートルームに泊まりました。その棟にはクロスビーの邸宅と専用の出入り口でつながっていました。その夜、彼は一人だったのでしょうか？　私にはわかりません。私は大統領に会って以来初めて、彼と顔を合わせずに済んでほっとしました。その晩、私は客室で眠りにつきました。

しかし大統領の暗い一面を目にしたのは、それが初めてのことではありませんでした。彼は夏が終わる頃のある日、お昼休みの水泳のとき許されない罪を犯していたのです。しかもさらに思いやりのない行為でした。私と大統領がのんびりとお互いの周りを泳いだり、ふざけて水を掛け合ったりしている間、デイヴはプールサイドに座っていました。室内の空気は温かく、デイヴは上着を脱ぎ、ネクタイを緩めていましたが、あとはいつもの服装です。彼はタオルの上に座り、ズボンをまくって裸足の足を水につけてぶらぶらさせていました。

大統領は私のところに来て、耳元でささやきました。「デイヴは少し緊張気味だ」彼は言いました。「やわらげてあげたらどうだい？」

これは挑発でした。しかしいわんとすることははっきりとわかりました。それはデイヴにフェラチオをしろという要求だったのです。私がそれに従うと、大統領が考えていたとは思いません。しかし恥ずかしいことですが、私は言われた通りにしました。それは痛ましい、下劣な光景であり、今でもこのことについて考えると、つらくなります。プールの浅瀬に立ち、私が自分の義務を果たしている間、デイヴは気持ちよさそうになすがままにされていました。

大統領はそれを静かにじっと見ていました。

なぜ躊躇することもなく、私が大統領の命令に従ったのか説明できるものを見つけ出そうとしてみましたが、何も——どんな感情も考えも——引き出すことができません。おそらく私は大統領の周りに漂う、ふざけるのが好きな精神を感じ取り、それに夢中になっていたのでしょう。

そして彼の魅力と権威のとりこになっていたのでしょう。大統領の命令に従ったのは私の中にある不安、彼の承認を必要としていたことに関連していたのは疑う余地もありません。またその行為は私たち三人がより親密感を増すために、なくてはならないものでもありました。犯罪の共謀者たちが仲間とのつながりを感じるのと同じです。デイヴと私は、ケネディ大統領への献身的愛情と、デイヴが大きな役割を果たして作り上げた道徳的に許されない関係を通して、への緒でつながっているように結びついていました。

そしてそのとき、私とデイヴの忠誠心を完全に手中に収めている男は行き過ぎた行動を取ってしまったのです。大統領は私の精神を虐待し、デイヴの品位を貶《おと》しめました。何のために？　私が大統領のために何でもするのを確認するためでしょうか？　そして私とデイヴをどれだけコントロールできるかをデイヴに見せつけるためでしょうか？

デイヴが果てると私は羞恥心にかられ、プールから上がり更衣室に向かいました。それまで聞いたことがないくらい厳しい口調で、デイブが大統領に抗議しているのが聞こえました。

「彼女にあんなことをさせるべきではない」

「わかってる、わかっているよ」

その後、大統領はしおらしい態度で私たちに謝りました。

私はデイヴに対して深い愛情を抱いていました。彼はボストンのケネディ図書館の美術館の学芸員を三十年間務めた後、一九九八年に八十五歳で亡くなりました。彼は私が出会った中で最も面白い人物でした。そして一筋縄では行かない人でもありました。彼は陽気な性格の中に、ケネディ大統領に対する純粋な献身を巧みに織り交ぜていました。ニューヨークタイムズにデイヴの死亡記事を書いたリチャード・W・スティーブンソンは次のエピソードで彼の人柄を完璧に表現しています。

私は彼に、一度だけ、彼が政治的に最も難しいと思った出来事について尋ねたことがあった。

彼は、一九五二年の民主党全国委員会のとき、ケネディ大統領（当時、上院議員）のブルーのスーツに合う黒い靴を持っていくのを忘れたことを挙げた。そのときケネディ大統領は茶色の靴をはいてスピーチをし、それがテレビで流れたのだった。

「スピーチが終わってから」パワーズ氏は語った。「彼がリラックスできるように私は言ったんだ。『上院議員、あんなにみんながそろって茶色の靴を履いているのを初めて見ましたよ』ってね」

これが私の知っているデイヴ・パワーズです。ケネディ大統領に非常に深い愛情を抱いていたデイヴは、自分の上司が紺のスーツに茶色の靴を履いて白黒テレビに映ることになったら意気消沈したでしょう。しかしその後、気の利いた冗談で大統領を窮地から救い、威厳を守ったのです。私はデイヴに同情の念も抱いています。彼が大統領の命令でやらなくてはならなかった嫌な仕事の一部を私は簡単に想像できます。ことが私に関わるものであったとき、彼が何をしなくてはならなかったかを私は知っているからです。

デイヴが私の代わりに不快な仕事をしてくれたのは、一九六二年の秋、ウィートン大学に戻って数週間後のことでした。もしかしたら自分は妊娠しているかもしれないという不安を募らせていました。マイケル・カーターから電話があったとき、そのことを話し、不安に思っていることを伝えました。私の生理は二週間遅れていました。大統領はその知らせを冷静に受け止めましたが、これは仕方のないことでした。私には避妊に関する知識はなく、彼は予防策を取ったことがないからです（カソリックだったせいか、不注意だったせいかのどちらかですが、私にはそのどちらなのか確信が持てません）。

一時間後、デイヴが寮に電話をかけてきて、ある女性に連絡するように言いました。その女性はニュージャージー州ニューアークの医者を知っているということでした。その当時、堕胎は違法でしたが、お金と理解のある医者とのコネクションを持っていれば、極めて簡単に手術を受けることができました。私はその女性に電話をし、自分の身元を明らかにしてから、医者の名前と電話番号を教えてもらいました。デイヴは誰か——少なくとも一度はその医者で堕胎手術を受けている人——を使って、その女性に私から電話があると事前に連絡していたに違いありません。ケネディ大統領と堕胎医とのつながりは爆弾です。ホワイトハウスにいる従順な記者団たちであっても、この話から目をそらすことはできなかったでしょう。

これが本当のデイヴ・パワーズでした。彼は容赦ない実務的な態度で、すぐに問題に対応します。私が何をしてほしいのか、どう感じているのか、もしくは堕胎が引き起こす危険性がどのようなものなのかについて話し合うことはありません。それはかえって幸運でした。座って深呼吸をして、自分の選択肢について考えてみようとしても、頭の中は真っ白です。私は望まない妊娠に理性的に直面する術を持っていませんでした。しかも話す相手もなく、強烈な不安だらけです。

結局のところ、妊娠は間違いでした。ニューアークの医者に連絡することもありませんでした。数日後、私は生理になり、このことはそのままにしておきました。デイヴも大統領も二度とこの話を持ち出しませんでした。

ここで急いで付け加えておきたいのは、私と過ごしている大半の時間、ケネディ大統領は優しくて思いやりのある寛大な男性だったということです。一緒にいるときはいつでも私を元気にしてくれました。そしてホワイトハウスにいたほぼすべての人たちが、同じように感じていたと強く確信しています。しかし彼の中には悪魔も存在しました。私が垣間見た彼の悪意を思うと、他にデイヴが大統領からどんな後片付けをやるように言われていたのか、考えるだけでぞっとします。デイヴはそんな汚れ仕事を気分よくやるには、いい人すぎるように見えました。しかし、大統領の気分を楽にするのに役立つのであれば、彼は自分の役割について、くよくよ悩むことはまったくなかったのではないかとも思います。ことが大統領に関する場合、デイヴのとっさの善悪の判断を私は信用できません。

クリスマスの一週間前、私は大統領に会いにバハマに行きました。彼はそこでイギリスのハロルド・マクミラン首相と会談をしていました。その際、私は大統領専用機にもホワイトハウスの予備機にも乗りませんでした。プレスオフィスの誰か、おそらくクリスティン・キャンプがサリンジャーに不満を言って、公式な飛行機に私が乗っていることに記者が興味を持っていると気づかせたのだと思います。その代わりに私は支払い済みの航空券をもらい、通常の飛行機に乗りました。それはそれでまったく問題はありません。十二月のマサチューセッツ州にいた私はライフォード・カイ・クラブの太陽を楽しみにしていたのです。そこには大統領の随行員たちが泊まっていました。

少し面倒だったのはライフォード・カイにいる間、私はずっと見えない存在でいなくてはならなかったことです。とはいえ、豪華な部屋で一人でくつろいでいるときや、夜、仕事が終わった大統領が宿泊しているヴィラまで私を送るために、デイヴが来るときは何ら問題はありません。ホワイトハウスの人々の多くはクラブハウスの部屋から出なかったからです。私が自分の部屋と大統領の宿泊場所を行ったり来たりしていることは誰にも知られませんでした。

しかし金曜日、空港に出発する時間になったとき、デイヴは彼らしくない間違いを犯しました。私はデイヴの車に乗っていました。そして私とデイヴは他の随行員たちと一緒に大統領の家に行き、大統領専用車の列について空港まで行く予定でした。しかし、デイヴは私をまだ見えない存在にしておこうと思ったのです。彼は私にフロントシートに座るように言いました。しかも誰からも見えないように、車の床にうずくまるように指示したのです。彼は私の身長が一七五センチあるのを忘れていました。私にはダッシュボードの下に体をどうにか押し込めるのが精一杯でした。しかし、車の列が大統領の泊まるヴィラに到着したとき、とうとう私は見つかってしまいました。

サリー・ベデル・スミスはこのときの情景を著書『グレース・アンド・パワー』の中で次のように描写しています。

ケネディ大統領が金曜日の午後、ナッソーを発つとき、ミミ・ベアードスレイがまさに文字通り、不意に再び姿を現しました。「大統領を迎えにきた車の列が、彼の滞在する家の前に停まったとき」、バーバラ・ガマレキアンは振り返りました。ピエール・サリンジャーと彼の補佐官であるクリスティン・キャンプは「ドアから小さな頭のてっぺんが飛び出しているのを見ました」。そして「小さな子どもがフロントシートに座っているのだと思いました。クリスティンはサリンジャーに言いました。『あの子は誰?』。二人は車まで行って、車内を覗《のぞ》き込みました。そこにいたのはミミでした！　車の床に座っていたので誰にも見えなかったのです。どうやら彼女はこの何日かはナッソーにいたようでした。彼らは一目見て、そこから立ち去り、何も言いませんでした」

その通りです。ここに書かれていることは間違いなく本当です。私はあの場にいましたし、それが真実だと証言できます。しかし、熱い太陽が照りつける中、ダッシュボードの下に隠れていて、まさかこんなことが起きているとはまったく気づいていませんでした。窓の外で人が話しているのも聞こえませんし、私の頭を覗き見ようと首をのばしている人がいるのにも気がつきませんでした。私はただデイヴに従っていたのです。私はただ床にうずくまり、いつものように待っていただけなのです。

そもそもなぜデイヴが私を隠す必要があると思ったのか、今でも戸惑います。大統領はナッソーからパームビーチに行く予定でした。私の存在を秘密にしておこうとするのなら、なぜ私の名前は、デイヴやケニー・オドネル、駐モスクワ大使レウェリン・トンプソンをはじめとする人たちとともに、フロリダ行きの支援機の乗客名簿に載っていたのでしょうか。なぜ、みんなと一緒の座席に座って帰ることを許されたのでしょうか?

でももしベデル・スミスの本のこの部分を読まなかったら、私は車の床にうずくまった出来事をこのように面白おかしいエピソードとして回想しなかったでしょう。海の太陽の下で過ごすのは、ニューイングランドでクラスメイトと部屋に閉じこもって過ごすのに比べ、なんて贅沢で退廃的だったのだろうと思い返していたことでしょう。大統領が非常にくつろいでいたことや、三夜連続で大統領と過ごす特別なことだったこと、クリスマスに実家に帰ったときに私の日焼けについて家族に聞かれたことを思い返したことでしょう。しかし、車の中でうずくまっていたことについては、記憶から薄れるがままにしていました。

今になると、自分がその日に二つの屈辱を受けていたことがわかります。一つは車の中で隠れていなくてはならなかったこと。もう一つは、プレスオフィスのスタッフたちが私のことを知り、陰で話題にし、笑っていたことです。

どちらがより屈辱的なのかはわかりません。それよりもこれほどまで長く秘密を守っていたのが不思議でなりません。私は周りの人たちから隠していただけではありません。秘密の一部を、自分自身の記憶からも隠し続けていたのです。

第十章

「ある男の人と知り合いになったんです」私は一九六三年の冬、大統領にそう告げました。私の口調は冗談めかしたものでしたが、多少自慢げでもありました。それまで大統領から男女交際について尋ねられても報告することが実際ほとんどなかったからです。そして大統領が質問するのはいつものことでした。

「ウィリアムズ大学！」彼は声を上げました。「なぜそんな大学と？」

「みんながハーバード大学に行くわけではないんですよ、大統領」

この会話は大統領がウィートンにいる私に電話をしてきた際のものです。彼はもっと詳しく話すように迫りました。しかし、たった一度のデートでは、詳しく話す内容がありません。私に言えるのは、「このデートがとても楽しかった」ということだけです。

大統領はショックを受けたふりを続けました。

「ああ、ミミ！　僕のもとから去ったりしないだろうね？」

「もちろんそんなことはしませんわ」私は断言しました。それは本当です。そのときには、大統領から離れるなどと考えたことはありませんでした。

問題となっている若い男性の名はトニー・ファーネストックといいます。ウィリアムズ大学の四年生です。後になって打ち明けられたところによると、彼の大学のウィンターカーニバルに私を誘ったのは策略だったそうです。彼の本命は金髪美人の私のクラスメイトだったのです。

十六歳のとき、私は一度だけ彼を遠くから見たことがありました。一九五九年の夏、私たちはニュージャージー州のシーブライト・ビーチ・クラブにいました、私はベビーシッター兼家事手伝いとして働いていました。私が子ども用のプールで遊んでいる間、彼は同じ十八歳の男の子や女の子たちの一団と、緑と白の縞模様のパラソルの下に座っていました。十代の頃は二歳の年の差はとても大きいものです。トニーのグループがのんびり座って笑っているのを見ながら、私は彼らが洗練されていてかっこいいのをうらやましく感じました。ですから彼が突然ウィートンに電話をしてきたときは驚きました。彼と再び会うとは思っていなかったからです。

マサチューセッツ州のピッツフィールドの駅に迎えにきた彼は三日月型の黒い目をしていました。その目のせいで、彼は親しみやすくも、眠そうにも見えました。彼は私より五センチほど背が高く、私は気が楽でした。彼は厚かましくも騒々しくもなく、うぬぼれ屋でもありません。自分のことばかり話すこともありません。静かで真面目で、そういう部分を好ましく感じました。

トニーは国務省の特別試験を受けるために、週末のほとんどを勉強していました。彼はＣＩＡに入りたいと考えていました。言ってみれば、その土曜日の夜のデートはただ踊りに行ったようなものです。私はトニーをダンスフロアに誘い出しました。私たちは二人とも会って間もないのに気が合うことに驚き、すぐさまトニーは美人のクラスメイトのことを忘れ、私一人のことだけを考えてくれるようになりました。週末で渋滞していて車で三時間はかかる道のりをウィートンまで送るとトニーが言い張ったときに、私は何か特別なことが起きていることがわかりました。

「ある男の人と知り合いになった」と大統領に話したときに、私がトニーについて知っているのはこれがすべてでした。真剣に交際するボーイフレンドを私が本当に欲していたのかどうかはわかりません。確実だったのは生い立ちもぴったりだということでした。私たちの家族はとても似ていました。裕福で同じようなクラブのメンバーでした。優秀な寄宿学校であるブルックスを卒業したトニーには輝かしい未来がありました。彼の学歴は私の兄弟にそっくりでした。

その後トニーに会うためウィリアムズ大学を訪ねました。彼も私に会いにウィートンに来るようになりました。自分に夢中になっているボーイフレンドがいるというのは新鮮な感覚です。興奮し、夢のような気分になりつつも私は困惑しました。大統領との一方通行の関係を続けていることを突きつけられたからです。トニーと私はまだ、真剣な関係のことを指して言う「ステディーな関係」ではないものの、彼がとても望ましい相手であると私が思っていたのは間違いありません。またどこかの時点で、大統領との関係について決断しなくてはいけないのもわかっていました。しかし、まだその準備ができていませんでした。

冬から春になり、私はほぼ毎週、ウィリアムズ大学かウィートン大学でトニーと会うようになりました。その時点で私たちはまだ性的な関係にはなっていません。彼が私にセックスを強く求めたことはありませんでした。

その紳士的な態度はとても好ましいものですが、この状況はちょっとした難しい問題を私に突きつけました。私は肉体的にトニーに惹かれているのに、実際の肉体の喜びは大統領から学んでいるのです。そのため、私には寮や車の中での愛撫以上のものを求める気持ちが生まれていました。しかしトニーにセックスを求めれば、彼は疑問を抱いたでしょう。当時、女の子はそんなことはしませんでした。なぜ初めてではないのか、説明しなくてはならなくなったかもしれません。そんな話はしたくありませんでした。

トニーと過ごしていない週末は、大統領と一緒でした。ワシントンでの私のもう一つの生活を、トニーは疑いもしませんでした。実は彼にあらかじめ、大学にいるときでもプレスオフィスに必要とされていると言ってありました。トニーはその嘘に納得しただけでなく、感心されたほどです。トニーにホワイトハウスに二回目の夏のインターンシップに行くと伝えると、彼はウィリアムズ大学のフレデリック・ルドルフ教授を紹介してくれました。トニーはルドルフ教授が好きでした。教授は著名な歴史学者で、家族と一緒にその夏、ワシントンに行く予定でした。トニーは教授に、ホワイトハウスで働くガールフレンドがワシントンにいることを知っておいてほしかったのです。

ここまでは、私は嘘つきではなかったはずです。もともと自分を道徳的で、善悪の区別がつく人間だと思っていました。多くの人々は、自分のことを品行方正な人間だと考えていると思います。しかし私はこの正直な部分が、自分の性格を決定づけるもので、核となる本質とまで思っていたのです。私は聖人ではありません。でも誰かに、人間として自分の長所を特定するように言われたら、善良であること、人から好かれたい、気に入られたいと思っていること、そして真実を語ることだと答えたでしょう。嘘をついて故意に人を傷つけたことがないということは私にとって誇りでした。

そして今、私は初めての本物のボーイフレンドと深く関わっているのに、現在進行型の大きな偽りがありました。秘密を守ろうと必死になっているとき、嘘をつくことは避けられません。それは怠慢の罪でしたが、それでもやはりそれは嘘でした。

私と大統領の秘密の生活が、自分以外の誰かに影響を与えることに初めて気づきました。トニーと会う前は、秘密は私だけの問題でした。私の知っているどんな人にも影響を及ぼしません。しかしトニーと私が真剣になったとき、信頼が重要なものになったのです。

私はいつもトニーのことを考えるようになりました。新しい恋人ができた若い女性であれば誰でも同じように、「彼は私のことを愛しているのか、いないのか」と空想する楽しみにふけりました。ノートの余白に「ミセス・アンソニー・E・ファーネストック」とか「ミミ・ファーネストック」と書く練習すらしていました。罪深くもトニーとの将来を考えるようになったのです。大統領に対する愛情は強いものではありましたが、そこに未来はないと気づいたのです。

トニーを愛していることに、いつどこで気がついたのかはっきり特定することはできません。それはなぜなのだろうとしばしば不思議に思います。かつてはわかっていたけれど、忘れてしまったという可能性もあります。しかし自分の本当の姿を抑制し、本心を隠していたために、恋に落ちるというスリルを十分に味わえなかった可能性もあります。秘密は私に多くの負荷を課しましたが、これもその一つでした。

それにもかかわらず、大統領と過ごして関心の的になることは麻薬的な快楽でした。麻薬とは自尊心であり、やめるのが難しい悪癖でした。いろいろな屈辱や疑念があっても、彼のカリスマ性や随行員たちと一緒に旅行をする魅力に私は夢中になっていました。寮の部屋、カフェテリア、男子学生の社交クラブが開催するパーティ、宿題をしたり映画を観に行ったりすることは、大統領専用機やカリブ海のリゾート、シークレットサービスやリムジンに比べるとだいぶ劣って見えました。

つまり私は二つの生活を送り、その両方を楽しんでいたのです。

一九六三年三月の中頃、私は大統領について南フロリダに行きました。彼は中東諸国の指導者たちと会談をするためにコスタリカへ行く前に、パームビーチのケネディ家の私有地でのんびりと週末を過ごしていました。私がその家に泊まるのは適切ではないので、デイヴはウェストパームビーチのサウス・ディキシー・ハイウェイ沿いにあるピンクのモーテルに部屋をとりました。そのモーテルで私は例の持久戦を展開して午前中を過ごしました。午後、大統領は迎えの車を私のもとに送り、私たちは一緒に数時間プールでくつろいで過ごしました。夜になると、大統領とデイヴは大統領一家が所有するハニー・フィズというヨットで出かけ、私はモーテルに戻りました。二日目も同じでした。

大統領がコスタリカに出発した後、私はそのモーテルにさらに二日間滞在してからニューヨークに戻りました。これはちょっとした楽しい休暇でした。楽しすぎてちょっとしたアクシデントを起こしてしまいました。日光浴をしすぎて、日射病になったのです。熱っぽさと吐き気を感じ、起き上がれません。どうしたらいいのかわからずに、私はコスタリカにいるデイヴの居場所を突き止め、助けてほしいと電話をしました。デイヴはコスタリカからモーテルの受付に電話をかけ――受付は私の部屋から三〇ヤード（二七メートル）も離れていませんでした――、従業員に私を見に行くよう指示を出してくれました。その間、私は冷たい水風呂に浸かり、水をたくさん飲むという治療法に忠実に従っていました。日射病にならなかったら、すてきな短期休暇になったでしょう。しかし胸にできた火ぶくれは耐えられないもので、その夜私は一時間以上続けて眠れませんでした。その後何年もの間、太陽の下に出ると胸の皮膚はひりひり痛み、このときのことを思い出させました。

私がなぜ、モーテルの質素な部屋――そこでその週末のほとんどをテレビを観て過ごしていました――と、いつもパーティが行われているケネディ一家の贅沢な私邸との間を往復させられることに不満を言わなかったのか、今考えてみると不思議です。まるで人目につかないところに隠さなくてはならない二流市民のように扱われたことに、品位を落とされたと感じるべきだったと思います。しかし正直に言って私はそういう感情を抱いた覚えがないのです。私はそこにいて幸せでした。私はそれほど重く、大統領の中毒に罹っていたのです。

この中毒は、トニーに対する愛情が深まっても続きました。その春私は、二学年を修了し、プレスオフィスでの二回目の夏のインターンを終えたら、密かに大学を中退し、何か面白い仕事が待っているはずのワシントンでフルタイムの仕事に就く計画を立てていました。大統領は一九六四年の選挙に再出馬する予定だったので、選挙活動の仕事ができるだろうと考えていたのです。同じことをフィドルが三年前にやっていました。ケネディ大統領の最初の選挙戦で働くために彼女は大学を中退し、その後もうまくやっていました。

今回はもう、私の両親も大学を卒業するように説得しようとはしませんでした。当時、女の子が二年制の短大に行くことや、結婚や就職のために大学を中退することは珍しくありません。トニーもこの計画に賛成してくれました。

ホワイトハウスでの生活に魅了されていた私は、それを終わらせたくなかったのです。

しかし、私がどれほどの悪感情をピエール・サリンジャーのオフィスにいる女性の間に生み出していたかを知っていたら、そんなに熱心に戻りたいとは思わなかったはずです。ケネディ図書館でクリスティン・キャンプとバーバラ・ガマレキアンの資料を読んだとき、私に関して書かれたいくつかの文章に本当に動揺しました。「ミミには何の技術もありません。タイプもできませんでした」、バーバラ・ガマレキアンはそう回想しています。「彼女は電話を取り、伝言を聞くことはできました。でも重要な戦力ではなかった」

クリスティン・キャンプも私のことを辛辣《しんらつ》に「大統領のお気に入り」と描写していました。「プレスオフィスで働き続けるために必要な能力と技術と資格を彼女が持っているか、わかる人はいませんでした。彼女は自分にできることをしていました。でも彼女はタイピストでも速記者でもありませんし、事務員としての技術や速記術を身につけていたわけでもありません。つまり彼女は、必要なスキルを持っている他の人がやるべき職に就いていたのです」

知る限り、クリスティンは私を個人的には嫌っていないはずでした。少なくとも私のことを「とても感じのいい子」と言ってくれていました。しかしプロとしては、明らかに私に対して不快感を抱いていました。大統領専用機に乗ることはプレスオフィスでは最高の技能賞です。彼女の目には、それに値するようなことを何もしていないように映ったのです。クリスティンは大統領が上院議員だった頃から何年間も一生懸命働いてきたのです。当然、私が大統領専用機の座席をたやすく手に入れたことを腹立たしく思っていました。彼女は資料の中で、サリンジャーに、「ミミをプレスの飛行機に乗せないでください。大統領特別機から降ろして。大統領専用車の車列の車に乗せないで」と一度ならず要求したと証言しています。

一方、バーバラ・ガマレキアンは明らかに私を嫌っていました。彼女もまた、みんなが参加したがる大統領の公務旅行で、通常の人事序列を私が簡単に飛び越えたのを苛立たしく思っていました。バーバラはこう言っています。

「ミミはまったく何の役目も果たせませんでしたが、すべての旅行に参加していました」

バーバラは間違っています。なぜなら「すべての旅行」には参加していないからです。実際、一番残念なのは一九六三年六月の大統領のヨーロッパ訪問についていけなかったことです。そのとき彼は、伝説的な「私はベルリン市民である」というスピーチをベルリンの壁の前でした後、意気揚々とアイルランドとイギリス、そしてイタリアへ旅行を続けました。バーバラは、この旅行についていけなかった私が泣きながらアイルランドにいる大統領に電話をし、プレスオフィスに責任者として残ったヘレン・ガンスが金曜日に休みを取らせてくれなかったことに不平をぶつけたと語っています。バーバラによると、大統領は私との電話を切った後、怒り狂ってデイヴに「ワシントンに帰ったら、ヘレン・ガンスを即刻解雇する」と言ったそうです。

そんな電話はかけていません。大統領に用があり電話をしたのは私ではなくヘレンでした。私は旅行に行けないからと、彼女の後ろで泣き真似をしてふざけていただけです。大統領は確かにバーバラが語ったような反応しましたが、それもふざけて言ったことです。なぜ私が旅行についてこないのか、誰が私の参加を阻んだのか、彼は知りたがりました。ヘレンは外交的にそつなく、自分は知らないと答え、大統領はそれを文字通りに受け取りました。誰もクビにはされず、私も休みを取りませんでした。

馬鹿げた話ですが、私はこのエピソードについて詳しく話すことができます。なぜならバーバラの語ったことは今では公式記録の一部となり、最近書かれたいくつかの大統領の伝記にすでに引用されているほどですが、これは事実ではないからです。私はおそらく幼稚で、馬鹿な女の子だったでしょう。しかし大統領をこのような小さな不満で煩わせたことはありません。

バーバラの敵意はおそらく正当なものでしょう。二度目のインターンシップでホワイトハウスに戻ったとき、どうやら大統領はサリンジャーに大統領執務室で行われる写真撮影会の監督官をバーバラから私に替えるように命じていたようです。バーバラがこのことを快く思うはずがありませんでした。

大統領執務室に入ることは西棟では聖杯でした。そして彼女は「オフィスにいるとるに足らない女の子」と呼んでいた私にそれを奪われたのです。

結局のところ、クリスティンとバーバラが私に批判的だからといって、責めることはできません。ヨセミテへの最初の旅行で、私はサリンジャーのスタッフの一人から大統領の個人的な随行員に立場が変わることで、基本的な仕事も変わることを学びました。私は確かにプレスオフィスの仕事を手伝っていませんでした。私はケネディ大統領のためにプレスオフィスにいたのです。バーバラやクリスティンや他の人のためにではありません。

六月の初め、夏休みのインターンのためにワシントンに移る少し前、トニーの両親と一緒にウィリアムズ大学で行われた彼の卒業式に出席しました。私の出席は、私たちが「真剣な関係」であることを公に示していました。その後すぐに、トニーはニュージャージー州のフォート・ディックスで陸軍予備軍の訓練に参加し、その間私はミス・ポーターズ校時代からの親しい友人であるマーニー・スチュワートとウェンディ・テイラーと一緒に住むために、ジョージタウンのアール街にあるアパートの部屋を借りていました。部屋は建物の一階分をすべて占めていました。マーニーは家族のコネクションにより平和部隊の本部でアルバイトをし、ウェンディは私の口添えでホワイトハウスのお土産物売り場の仕事を手に入れました（私は大統領に助力を求めました。大統領はミス・ポーターズ校出身の女性を助けることにいつでも熱心でした）。

大統領執務室で新たに撮影の監督官を務めるようになったため、私はその夏、大統領がホワイトハウスにいる限り、毎日彼の姿を見るようになりました。しかし前の年のようにたびたび公邸に泊まることはありませんでした。ケネディ夫人が八月末に出産する予定で、大統領は以前よりも頻繁に、ハイアニスポートで家族と過ごしていたからです。そこで私も少し社交的に活動範囲を広げ始めました。マーニーとウェンディとよく一緒に過ごしました。二人とホワイトハウスのプールに泳ぎに行き、大統領と会ったこともありました。デイヴが私たちを泳ぎにくるように招いてくれたのです。私たちが借りた水着を着てばたばたと泳いでいると、大統領がいつものようなジャケットとネクタイ姿で現れました。大統領はすぐに水着に着替え、マーニーとウェンディと一緒に水に浮かびながら、彼女たちにアルバイトのことやワシントンで楽しんでいるかどうか、またどこの出身かと尋ねていました。大統領が姿を見せる可能性があるのを知らせるべきでしたが、彼女たちを驚かせたかったのです。大統領が現れたときに彼女たちの顔に表れた当惑と興奮は、黙っていただけの価値がありました。しかし大統領がそこから電話をして、動物の毛皮で作った何枚もの敷物を持ってこさせたときには私も驚きました。彼はそれをクリスマスにケネディ夫人に贈ろうと企んでいると説明しました。そのため、どの毛皮が一番柔らかいか、私たち三人、ミス・ポーターズ校の後輩の意見を聞きたがったのです。

マーニーとウェンディと一緒に体験しなかったことに、リンカーン記念館での大規模な公民権集会、いわゆるワシントン大行進があります。私はそのことを今でもとても後悔しています。そこにいればマーチン・ルーサー・キング牧師の、あの「私には夢がある」というスピーチを生で聴けたはずです。実は参加する予定を大統領に話していました。ところが大統領が暴動があるかもしれないと言うので私は行くのをやめたのです。

八月七日水曜日に、ケネディ夫人はケープで産気づき、予定よりも五週間半早く男の子を出産しました。パトリック・ブービエ・ケネディと名付けられたその赤ちゃんは呼吸器系のストレス症候群を患っていました。未熟児で低体重の赤ちゃんがこの症候群にかかるのは珍しくありません。パトリックは最高の医者たちの治療を受けましたが、一日半しか生きられませんでした。

それまでの比較的短い私の人生の中で、真の嘆きを見たのは大統領がホワイトハウスに帰ってきたときが初めてでした。ケネディ夫人は体力が回復するまであと数日入院していたのです。大統領は私を公邸に招き、バルコニーに出て夏の夕暮れの優しい空気の中に一緒に座って過ごしました。大統領の座っている椅子の傍らの床には、お悔やみの手紙が山のように積んでありました。彼はそれを一通ずつ手に取り、声に出して私に読んで聞かせました。あるものは友人たちから、そしてあるものは知らない人たちからのものでしたが、どれも想いがこもった言葉でとても心動かされる内容でした。時折、頬を涙で濡らしながら、大統領は一部の手紙に何かを書き込んでいました。おそらく返事を送るときのためのメモだったのでしょう。ほとんどの手紙を読みながら、そしてただ涙するだけでした。私もまた大統領と同じように泣いていました。

八月の終わり、トニーから週末に会いにきてくれという電話がありました。彼は週末の休みがなかなかとれずに、私をとても恋しく思ってくれていたのです。私はニュージャージー州に帰って母親の誕生日を祝わなくてはならないと説明しましたが、彼は譲りません。

トニーはワシントンから車で一時間のところにあるメリーランド州のフォート・ミードに駐在

していました。これは私がたった一度だけ、自分のために大統領にお願いごとをした結果でした。トニーの基礎訓練が終わりに近づいたとき、彼は次にルイジアナ州のフォート・ポークへの半年間の赴任を命じられることを知りました。それは私たちが会えなくなることを意味します。私は大統領になんとかしてくれるように頼みました。大統領執務室にいたのは私たちだけでした。私は目に涙をためて懇願しました。そのときすでに自分がトニーを愛していること、彼にワシントンの近くに、そして私の近くにいてほしいと思っていることがわかっていました。最初、大統領はライバルを自分の領域から追い出せるのがどれほど嬉しいことか、冗談の種にしていました。しかし私の涙と悲嘆に暮れる様子を見て、彼は素早く路線を変え、陸軍軍事顧問のチェスター・クリフトン少将と話をすると言ってくれました。そして数日の内に、トニーはメリーランドのフォート・ミードに配置転換させられました。

このとき、トニーはやっと休める週末に会いにきてくれるよう言い続けました。

「君に話さなくてはいけないことがあるんだ」

あまりにも言いつのるので私は不安になりました。彼は私の秘密を知ったのかしら？　彼は私と別れることを決めたの？　私は母親にその週末、ホワイトハウスに休日出勤しなくてはいけないと言い訳をして、フォート・ミード行きのバスに乗りました。トニーからピクニック用の昼食を持ってきてくれるように頼まれたので、少しは不安が薄れていました。私たちは彼が持ってきた陸軍の余剰品のブランケットを練兵場のすみに敷いて座りました。ブランケットはちくちくしました。私はチキンサラダをよそいながら、彼が口を開くのを待ちました。

彼は単刀直入に言いました。

「結婚してほしい。僕と結婚してくれるかい？」

私はプロポーズされると思っていませんでした。しかしその質問を一瞬で理解しました。「はい！」。私は文字通り彼に飛びつき、思い切り激しくキスをしました。

人がプロポーズを承諾するのには多くの理由があるでしょう。愛がまず第一の理由であるはずです。私の場合もそうでした。しかし安定を求めていたのも理由でした。私はその五月に二十歳になっていて、多くの若い人と同じように、たくさんの未知なる要素に取り組んでいると思っていました。この夏が終わったら私はどこで働けばいいのかしら？　大統領との関係はどのように終わるの？　マーニーとウェンディが大学に戻った後、私はどこに住めばいいの？　トニーのようないい結婚相手をまた「つかまえ」られるのかしら？

トニーと結婚することで、私は安定を選びました。おそらく常軌を逸した二重生活からの逃げ道をつかもうとしたのです。まさに私の年代の女の子にとって、ごく常識的な選択です。そして私はそう選択するように躾けられてきたのです。あなたが当時、ミス・ポーターズ校のような寄宿学校を卒業しウィートンのような大学に通っていたら、週末にはウィリアムズ大学やブラウン大学、もしくはマサチューセッツ州立大学のアムハースト校に必ず招待されたでしょう。そして、そこでブルックス校かグロートン校、アンドオーバー校などの私立高校出身のすてきな男性と出会ったはずです。あとはあなた次第です。ある見方をすれば、トニーと結婚することは自分の運命を全うすることでした。

このことは両親が私の婚約の知らせを聞いたとき、衝撃よりも喜びを感じ、一瞬たりとも結婚するには若すぎるのではないかと不安に思わなかった理由を説明しています。結局のところ、私の母も二十一歳で父と結婚したのでした。おかしなことにマーニーとウェンディをはじめとする友人は私の突然の婚約に完全に驚いていました。表情を見れば驚いていることがわかりましたが、みんな礼儀正しすぎて、そのときには何も言ってくれませんでした。ずいぶん後になって私がそのことを話したらみんなは本当はどう思っていたかを教えてくれました。いったいその男性は誰なの？　まだ八か月しかつきあっていないんじゃない！　それで結婚するって言うの？

トニーは二つの卵型のサファイヤをダイヤモンドが囲んでいる贅沢な結婚指輪をくれました。サファイヤは彼のお祖父さんのカフスリングについていたもの、ダイヤもお祖父さんの飾りピンについていたものでした。私たちの婚約は一九六三年九月八日のニューヨークタイムズに学歴や一族の血統というお決まりの情報とともに発表され、私のホワイトハウスのプレスオフィスでの仕事のことにも触れられていました。

大統領は私の婚約について落胆したとしても、表には出しませんでした。彼はゴールドとダイヤモンドで作られた太陽の光線のようなデザインの飾りピンを婚約祝いに贈ってくれました。私はそれを隠し、トニーにも友達にも決して見せませんでした。しかしその秋の終わり頃、ジョージタウンでセールで買った黄色のノースリーブのドレスにそのピンをつけて、大統領に見せたことがありました。私がそのピンをつけた最初で最後でした。

大統領は、私に彼の肖像写真もくれました。そのカラー写真には彼のヨット、マニトウ号の舵を取る大統領の姿が写っていました。ホワイトハウスでは大統領の写真にサインを入れてほしいというリクエストがあると、偽のサインの達人であるフィドルがそれに応えていましたが、この写真には大統領が目の前でサインをしてくれました。

「ミミへ」大統領は書きました。「心からの敬意と感謝をこめて」彼はそれを微笑みながら渡してくれました。「この本当の意味を知っているのは君と僕だけだ」

九月になるとマーニーとウェンディは大学に戻りました。私はその後二か月間、アール街のアパートに残り、プレスオフィスでの仕事を続けました。そして大統領との関係も終わらせようとしていました。そのときには、私はその必要がないことに気がついていませんでした。そしてこの本を書くまでそのありがたみも理解していませんでした。大統領が彼らしい茶目っ気のある上品な方法で、私との関係を終わらせたのです。

その秋、大統領から二回の公務旅行についてきてくれるように頼まれていました。九月の終わりにミネソタ州からネバダ州まで中西部と西部の州を回る巡遊旅行と、メーン大学から与えられた名誉学位の授与のためにニューイングランドを短期間訪れる旅です。二回目の旅行では大統領専用機の支援機に乗り、ワシントンからボストンまで大統領に会いに行きました。そこでは土曜日の夜に民主党の資金集めパーティが開催される予定で、もちろん大統領はその花形です。私は事前に、「大統領のスピーチの前にシェラトンプラザホテルの彼のスイートルームで一緒に過ごさないか」とウィートン大学に戻っていたウェンディを招待していました。

私は六時半に大統領の部屋を訪ねました。彼はケンブリッジ大学で行われたハーバード大学とコロンビア大学のフットボールの試合に出席したり、ブルックライン墓地に埋葬されている彼の息子のお墓を尋ねたりと、いつものように丸一日を忙しく過ごし、ソファでくつろいでいるところでした。資金集めパーティに出席するため、大統領は先の尖った襟の上品なタキシードを完璧に着こなしていました。当時、上院議員二年目だった弟のテッド・ケネディもその部屋にいました。大統領は、テッドのタキシードが最新のショールカラーではないことをからかっていました。

その夜で一番鮮やかに記憶に残っているのは、大統領がここでもまた、自分の力を他の男性の前で見せつけようとしたことでした。ウェンディが到着する少し前のことです。私は大統領の目にいたずらっぽい様子が宿るのを認めました。それは大統領が周囲の人間が夢にも思わないようなことをやらせるときに現れるものです。

私は身構えました。

「ミミ、弟の下の世話をしてくれないか」大統領はテッドの前で私に言い放ちました。「彼はちょっとしたリラクゼーションを受けてもいいんじゃないかな」ホワイトハウスのプールで起きたデイヴのときとまったく同じです。

私は激しい怒りを覚え、初めて大統領の要望を拒否しました。

「ご冗談を」私は言いました。「絶対に嫌です、大統領」彼はすぐに、その話題を打ち切りました。

その後何年もの間、私は自分のこの反応を人生の転換点だと思っていました。婚約したときから、私はこの情事をどう終わらせようかと格闘していました。そして、このときついに自分の意見を主張し、ノーと言うことができたのです。いい気分でした。つい最近まで、私たちの関係が本当に終わりに向かい始めたのはこの瞬間だと思っていました。

しかし今になって考えてみると、私たちの関係はボストンよりもずっと前に終焉《しゅうえん》を迎えていたのです。そう導いたのは大統領でした。大統領と過ごしたセックスの回数と日付をまとめてみると、その夏の終わりからセックスをしていないのに気づきました。九月に西部への五日間の公務旅行についていったときも、私は大統領と夜を過ごしていません。十月にボストンに行ったときも、私はホテルの自分のベッドで寝ていました。

なぜこのことに気づかなかったのか、その理由は簡単です。一つには、私がその夏中、ほとんど毎日大統領に会っていたのです。自分が大統領の生活の中にいることを当然のように受け止めていました。これは、私が大統領と寝ることではなく、彼の周りにいることにより大きな価値を見いだしていたことを示しています。そしてそれが、大統領が私とのセックスをもはや必要としていないという事実を私の目から隠していたのです。大統領は私たちの関係を変化させていたのです。それなのに私は見ていなかったのです。

八月初めに起きた彼の息子の悲劇的な死、その三週間後の私の婚約はきわめて大きな転換点でした。息子の死は大統領を悲しみだけでなく、妻と家族に対する苦痛の入り混じった責任感でいっぱいにしたのです。彼のような手に負えないドンファンでも、家族にとても必要とされているときに火遊びを続けるのは不適切だと感じたのでしょう。そしてトニーとの婚約については、正式に他の男性のものとなった私と関係を持ち続けることを、大統領が悪いことだと思った可能性もあります。理由が何にしろ、見境のないセックスに対する欲望――少なくとも私に対する――を凌《しの》ぐ、個人的な規範に大統領が従っていたことが私にはわかります。

残された夏の間、私は大統領と毎日執務室で会い続けました。そして彼のプライベートな領域にふわふわと出たり入ったりしていました。大統領との水泳も続けていました。お互いに対する個人的な関心も大統領の温かさも変わりません。しかし彼が私とセックスをしていなかった事実に気づいた今、私たちの交友が変わらずに続いたことに喜びと慰めを感じます。大統領が私をもてあそんだのではなく、一緒にいることを楽しんでくれたことの証明と思えるからです。もし彼が長生きしていれば、彼が人生の中で必要とした存在として、大統領の任期が終わったあとも彼のために働くことができ、ちっぽけではあっても意味のある友達として扱われたかもしれません。

おそらく、これは私のうぬぼれにすぎないでしょう。

大統領に最後に会ったのはニューヨーク市のカーライルホテルでした。

私の結婚式は一九六四年の一月初めに予定されていました。十月の終わり、私はニュージャージー州の実家に結婚式の準備のために帰りました。招待客に招待状を送り、結婚式の衣装をそろえ、お祝いの品を決め、花嫁の介添人の衣装を選ばなくてはなりませんでした。結婚式の前に、最後に大統領と一緒に旅行する予定になっていました。でも私はためらっていました。やらなくてはならない結婚式の準備がたくさんあるのに、数日家を離れることを両親になんて説明すればいいのでしょう。

「プレスオフィスが頼んでいると言えばいい」デイヴが助言しました。しかしその必要はありませんでした。数日後、デイヴは予定が変わったと電話をしてきました。私はもはやその旅行のメンバーではありませんでした。その代わりに十一月五日にニューヨークに来られるかと尋ねてきました。大統領はアメリカーナホテルで開催されるアメリカ労働総同盟・産業別組合会議で講演するためにニューヨークを訪れる予定でした。「大統領はカーライルホテルに泊まる」デイヴは言いました。「とても君に会いたがっているんだ」

私はその日に合わせて結婚式の用事をニューヨークにいくつか作り、一時頃カーライルホテルを訪ねました。市内で最も広いホテルの一つであるこのホテルの最上階の二フロアに、ケネディ一族は大きなペントハウスを所有しています。その部屋には光がさんさんと降り注ぎ、マンハッタンのすばらしい風景が見渡せました。そしてその眺めは、私にとっていい気晴らしになりました。なぜなら私は再び、ホテルに缶詰になり持久戦に入っていたからです。私が帰ろうとしたとき、大統領がやっと到着しました。彼は結婚祝いの贈り物を持ってきたと言い、ポケットに手を入れ三百ドルを私に渡しました。

「買い物に行って、自分のために何かすてきなものを買いなさい」彼は言いました。「そして戻ってきて、僕に見せてくれ」

当時三百ドルは大金でした。私はそんな大金を持つことで大胆な気持ちになり、マジソン街を歩き六十番街の角を東に曲がって百貨店のブルーミングデールに向かいました。店員に一番高い服はどこにあるのかと尋ねると、三階だと教えてくれました。私は服を買うのが好きでしたが、無制限にお金を使えると言ってもいい状態で買い物をするのは初めてです。それまでの人生で何か一つのものに五十ドル以上を払ったことはありませんが、大統領の贈り物を全額使わなくてはいけないと義務のように感じていました。私は明るいグレーのウールのスーツに決めました。黒いベルベットの襟がついていて、スカートは膝丈でまっすぐな細身のデザインでした。それが想像力に富んだ買い物ではなかったことは私も認めます。

カーライルホテルに戻り、そのスーツを着て見せたとき、大統領は少し残念そうに見えました。彼は保守的な服装を絵に描いたようなウールのテイラードスーツではなく、もっと大胆なものを買ってほしかったのだと思います。

大統領は私をしばらくの間抱きしめて言いました。「一緒にテキサスに来れたらよかったのに」そして彼は付け加えました。「旅行から戻ったら電話をするよ」

私に突然悲しみが襲ってきました。でも耐えられました。「忘れないで、大統領。私はもうすぐ結婚するんです」

「わかっているよ」彼は肩をすくめました。「でもいずれにしても電話するよ」

私は別れを告げ、ニュージャージー州の実家に向かう列車に乗りました。

私の結婚によって、私たちの関係が新しいものになりつつあるという事実を大統領が受け入れてくれることを望んでいました。私はテキサスの旅行で、ついていくのはこれが最後だと言おうと決意していました。だから自分が旅行のメンバーから外れてしまってがっかりしていました。その理由は後になってわかりました。ケネディ夫人が夫と一緒にダラスに行くことを決めたからだったのです。

第十一章

十一月二十日水曜日、トニーは二十三歳になりました。その日、私に会うために彼は青いフォルクスワーゲン・ビートルに乗ってフォート・ミードから私の実家を訪ねてきました。その夜、私たちは誕生日ケーキを前にお祝いをし、翌日は結婚式に向けてベアードスレイ家の招待客のリストを調整しました。金曜日には車で一緒にマンハッタンにドレスを何枚か取りにいきました。その後、私たちはコネチカットのサウスポートにあるトニーの両親の家に行き、一泊して、ファーネストック家の招待客を最終的に決める予定でした。

マンハッタンからコネチカットに行く途中、ヨーク街と六十一番街の交差点にあるガソリンスタンドに寄りました。フランクリン・D・ルーズヴェルト高速道路の入り口の少し手前です。化粧室から戻ると、運転席のトニーは妙な角度で頭をカーラジオの方に傾けていました。まるでアナウンサーの言葉をすべて頭に染み込ませる必要があるかのようでした。トニーは大きく見開いたつらそうな瞳で私を振り返りました。そんな目をした彼をそれまで見たことがありません。

「ケネディ大統領が撃たれたんだ」

私たちはラジオのニュースに聞き入りました。まだ報道される内容はそんなになく、大統領は生きていてダラスのパークランド・メモリアル病院に運ばれたけれど容態は不明、そして他にも被害者がいるということだけでした。

不吉なことに、UPIが大統領の怪我は「致命傷の可能性がある」と報じてきました。UPIというのはホワイトハウスの通信員として評判の高いメリマン・スミスのことです。私は彼をプレスオフィスでよく見かけていました。彼の声を聞き、サリンジャーとフィドルを思い出しました。二人はどこにいるのかしら？　デイヴは無事なの？　クリスティン・キャンプはどこにいるの？（私は後に、彼女がダラスに着陸していた大統領専用機の中で、その日の夜にオースティンで予定されていた大統領の演説原稿をタイプしていたことを知りました）。その瞬間、スタッフたちを心配するほうが、大統領の身に何が起きたのかを理解するよりはるかに簡単でした。

フロントガラスから外を見ると、通りを歩く人たちがニュースに衝撃を受けている瞬間を見て取ることができました。彼らは茫然としたようにゆっくり歩き、多くの人が手を口で覆い、嗚咽《おえつ》を抑えていました。

車内で私は罠に囚われたような感覚に襲われました。私は外に飛び出したくて仕方ありませんでした。私はまだラジオのダイヤルをまじまじと見つめているトニーに言いました。「出発しなくては」私は動かなければなりませんでした。他のことに気をそらす必要があったのです。

トニーはフランクリン・D・ルーズヴェルト高速道路を北に、コネチカットに向かって車を走らせました。私たちは何も話せませんでしたが、沈黙はラジオが埋めてくれました。銃弾は三発撃たれ、大統領と同じ車に乗っていたテキサス州知事のジョン・コナリーも怪我を負いました。警察は白いシャツとリーバイスのジーンズ姿の白人の男性を捜索していました。彼のライフルがテキサス教科書倉庫の窓際で発見されたのです。

そして午後二時、ケネディ大統領が亡くなったと公式の速報が流れました。最初、私はそれを信じませんでした。そのニュースはあまりにも突然でした。大統領は狙撃《そげき》されたけれど命はとりとめ、病院に向かっているという希望に満ちた速報が出たばかりの第二報です。このニュースを伝えるアナウンサーの声の調子から――悲しみや失望以上に――それが本当であることが伝わってきました。これが「ケネディ大統領が亡くなったとき、あなたはどこにいましたか?」という、よくある質問に対する私の答えです。私は婚約者と一緒に車の中にいて、それまでに体験したことのない茫然自失の状態に陥っていました。

私の頭の中は、ほんの七日前、カーライルホテルで最後に会ったときの大統領の姿でいっぱいです。彼は私を抱きしめ、テキサスから戻ったら電話をすると言いました。私はトニーを見ました。私の目に映ったのはこの想い、この記憶を決して分かち合えない人でした。大統領との関係のことをトニーにまったく話していませんでした。彼は大統領に会ったこともありません。トニーとは大統領に関する共通点がなく、一緒に深く悲しむことも、彼のことを話すことすらできません。突然、自分が孤立し、これから結婚する男性との間には壁が築かれているような感覚になりました。

コネチカットのサウスポートに近づくと、車窓の外で世界は忙しく動いていました。トニーは手を伸ばし、同情の気持ちを込めて私の手をぎゅっと握ってくれましたが、私はそれをほとんど感じとれませんでした。私は助手席の窓を開け、十一月の冷たい空気を吸い込もうとしました。その頃にはさらに多くのニュースが流れていました。大統領は頭を撃たれたのです。

私はトニーの実家に足を踏み入れ、将来の義理の両親に会うのを怖く感じました。ファーネストック夫妻は頑固な共和党員で、ケネディ大統領を見くびり嘲《あざけ》っていました。夫妻の辛辣な意見は、お酒が入るとさらに険悪にさえなりました。私たちが四時頃にサスコクリークロードから脇に入った車路に車を入れたときには、すでにカクテルタイムが始まっていました。しかしケネディ大統領の死は夫妻にも厳粛な効果を及ぼしているようです。トニーのお父さんは私を長い間抱きしめましたが、これは普段とは違いました。私が大統領と面識があることを知っていて、他の一般的な人よりも衝撃を受けているだろうと思った彼は、大統領について好意的なことを言ってくれました。

「今日はバーを少し早めに開けたんだよ、ミミ」お父さんはそう言って私にスコッチウィスキーのデュワーズが入ったグラスを渡しました。

「君に必要なのはこれだ」

書斎のテレビはついていましたが、ファーネストック夫妻はそれ以上、詳しいニュースには関心がないようでした。お母さんは何も起きなかったように、サウスポートハーバーが見渡せる居間に座っておしゃべりをしましょうと言い張りました。これは異様です。その時代で最も重大な事件が、テレビやラジオで事細かくすべて報じられているのに、将来の義理の両親は見て見ぬ振りをしてやり過ごそうとしているのです。二人は私たちの結婚式についておしゃべりしたがりました。私はそこに座っていましたが、お母さんの言うことがまったく聞こえていなかったのを覚えています。

私はその夜、自分の感情と闘っていました。立ち上がり、テレビを観に行きたくてたまりません。私はすべてを知りたいと思いました。無感覚な状態は果てしない喪失感に変わっていました。

それは私だけの喪失感でなく、ホワイトハウスのすべての人に共通していたでしょう。特にデイヴの落胆は心配になります。大統領なしで、彼はどうするのでしょうか？　その合間に、私たちは居間から食堂に移動しました。その日の夕食は金曜日の夜の伝統的なメニューのローストチキンでした。そこでほとんど耐えられなくなってきました。感情を抑えきれずに食卓で泣き出してしまいそうになりました。自分の両親と話したかったのですが、それには長距離電話をかけなくてはならず、お金がかかります。私は電話をかけるという考えを捨てました。いずれにしても、翌日には二人に会うのです。

九時半になると、ファーネストック夫妻はようやく、いつものように寝酒を楽しむためにベッドに行きました。そこでやっとトニーと私は書斎に行き、テレビを観ました。トニーはソファで手足をのばし、私はテレビの前の床に座りました。すべての局が大統領のニュースを報道し、ダラスに到着した彼と夫人の姿や、バラの花束を贈られた夫人、空港から出発する車列を写した白黒の映像を延々と放送していました。

ありがたいことに狙撃の瞬間の映像はありませんでした（もちろん、それは後になって出てきました）。そのためウォルター・クロンカイトのようなアナウンサーたちは大統領夫妻が車の中で微笑んでいる写真と二発目の銃弾が大統領の喉を貫通し、コナリー州知事に当たっている写真を見せてその瞬間を報じていました。最後の狙撃の写真はありませんでした。その銃弾が大統領の頭を撃ち抜いたのです。その日撮られた写真の中で、最も忘れられないのは大統領専用機の中で大統領就任の宣誓をするリンドン・ジョンソンを撮った一枚でした。彼の横には血まみれのスーツ姿のケネディ夫人が立っていました。その有名な写真はホワイトハウスの写真家のセシル・ストートンによるもので、私は二か月前に個人的に頼んで婚約写真を撮影してもらっていました。

その夜、粗い生放送のテレビ画像で、専用機が大統領の遺体を乗せてテキサスを発ち、アンドルーズ空軍基地に着陸した様子を見たとき、私は冷静ではいられません。それでも理性を失ってはいませんでした。トニーのお父さんがお酒を注ぎ足すために階下に下りてきた音が聞こえました。

「ほんの少しだけ」、彼は書斎にいる私たちをのぞきながら言いました。

私とトニー、そしてアメリカの全国民が観ている映像はゆっくりと悲しみに沈み、そして現実離れしていました。飛行機から降ろされる棺を見て、私はようやく大統領が亡くなったことを受け入れました。私を追いつめたのは、大統領を守るかのように棺の前に立ち、鳥打帽に手を置いたデイヴの姿でした。彼は他の補佐官と一緒にその棺を運び、待っていた海軍の救急車に乗せました。

私は床から立ち上がり、トニーとテレビの間に立ったのを覚えています。泣きながらテレビの画面とトニーを代わる代わる見つめました。目には大統領と婚約者が交互に映りました。

涙は強く激しい嗚咽に変わりました。トニーは心配してくれました。彼が知っているのは、私がプレスオフィスでたったふた夏すごしたことがあるということだけです。私の反応が過剰すぎるものに見えたに違いありません。

「大丈夫かい？」

私は頭を振りました。

「いったいどうしたんだ？」

何も答えられませんでした。私の視線はテニスの試合を観ているかのように、テレビとトニーの間を素早く往復しました。そうしていると方向感覚が奪われました。なぜか私は、トニーが私の心を見透し、泣く理由も察知したに違いないと思いました。なぜルイジアナではなく、メリーランドのフォート・ミードに赴任することになったのか。大統領が彼のために取りはからった理由が彼の中で明らかになりつつあると私は確信しました。もともとトニーは大統領と私との関係を、大統領のちょっとしたえこひいきくらいにしかと思っていなかったに違いありません。

トニーを欺いている罪の意識は、ソファでくつろいでいるトニーとテレビに映る大統領を交互に見ている間に、沸点に達しました。私の罪の意識は一秒ごとに大きくなっていきました。トニーがその罪の意識を認めただけでなく、完全に理解し、そして彼の頭の中で疑惑の車輪が回り始めたと私は強く思いました。

彼は全部わかってしまったんだわ。私はそう思いました。彼に対して潔癖で、正直にならなくては。私は筋道立てて考えていたのではなく、ただ確信していました。そしてまさに自分が作り出した状況が、どう展開するのか想像がつきませんでした。

「あなたに言わなくてはならないことがあるの」

「何だい?」

「大統領が……」

「何?」彼はさえぎりました。

「あなたが考えている以上に……」

「何?」

「私はあなたが考えているほど子どもじゃないのよ」

「何だって?」

「大学をやめたのには理由があるのよ」

「何?」

「お願いだから、最後まで話させて」

私は泣くのをやめ、自分の考えをまとめようとしました。

「必要以上に彼と親しかったの」

「君は――大統領と寝ていたと言うのか？」

なぜトニーが私の悲しみの様子から浮気に一足飛びに行き着いたのかわかりませんが、私はうなずきました。自分の口からそれを言わずにすんでほっとしていました。

ここからトニーの口調は厳しい取り調べに変わりました。

「いつからだ？」

「去年からよ」

「僕と出会った後も？」

私はうなずきました。

「婚約した後も？」

私はもう一度うなずきました。

「何回？」

「わからないわ。何度もよ」

沈黙が訪れました。トニーは、質問をすればするほどより自分自身に痛みを与えるだけだと気づいたのです。本能的な自己防衛が働き、口を閉ざしました。そして私から目をそらしテレビを見つめました。

私は一瞬、彼に背を向けました。それから振り返り、さっき座っていた床の上に戻りました。

私は彼の足の近くに座り、ソファに寄りかかりました。彼が私に手を置き、何か慰めるようなことをしてくれないか、私を許すと言ってくれないかと祈っていました。

もちろん、それは望みすぎでした（もし立場が逆であったら、自分がそんなに寛大にならなかったであろうことはわかっています）。私はちらつくテレビの画面を上の空で見つめ、慰めの行為か言葉を待っていました。しかしそれは訪れませんでした。

ついに私は自分の秘密を他の人に打ち明けました。しかしそこにはカタルシスも救いもありません。ただ一つの問題を他の問題にすり変えただけでした。そしてそれは重大な結末に終わる可能性をはらんでいました。私はトニーを傷つけたのです。

数分後トニーは立ち上がり、テレビを消しました。「僕は寝るよ」

テレビを消したことは、一緒に二階に上がろうという合図でしたが、私はソファから動けませんでした。一人で考えをまとめたかったのです。今、自分が何をしたのか、それがトニーにどのような影響を与えるのかを明らかにしようとしました。彼を失い、明日の朝には彼が婚約を破棄するだろうと怯えました。彼の気持ちを考慮せずに、あまりにも突然正直に打ち明けた自分を非難しました。自分を抑え、秘密にしたまま、もっと衝撃が少なくてすむ適切なときに――衝撃が少なくなることがあるのであれば――打ち明ける方法を深く考えたほうがよかったことに気づきました。しかし大統領が亡くなり、高まる感情が頂点に達したことで、私を告白するように追いつめたのです。私は真実を抑えつけておけません。すべてをトニーに打ち明ける以外の選択肢はありませんでした。

次に何が起きるのか、翌朝トニーが何と言うのか、私には考えられません。正直に言って、トニーが二度と会いたくないと言っても私は彼を責めなかったでしょう。

ニュージャージー州の私の両親の家と同じように、私たちはファーネストック家でも別々の寝室で寝ていました。婚約中であっても、まだ結婚していないカップルは同室にしないのが当時の慣習でした。私は客間のドアを閉め、ベッドに横たわりましたが、心臓の鼓動は速く、眠りとはほど遠い状態でした。ケネディ大統領のことも彼の死に対する大きな悲しみも、もはや私の頭の中にはありません。私はこれからの十二時間のことを思い悩んでいました。

私の泊まっていた客間は、トニーの小さな寝室とバスルームでつながっていました。バスルームと客間の間のドアが開く音が聞こえました。見ると戸口にトニーが立っていました。彼は何も言わずにベッドに潜り込み、私たちの初めてのセックスを始めました。彼を失いたくないと必死だった私は抵抗しませんでした。彼を傷つけたことへの謝罪をどう表現し、彼の痛みをいやすためにどう愛を捧げたらいいのか、私にはまったくわかりませんでした。私はただそこに横になり、茫然としていました。今になると、このときのトニーは何か月も前に大統領がしたのと同じように、私に対する所有権を主張していたのだということがわかります。それはセックスではありましたが、愛はありませんでした。

翌朝は異様な雰囲気でした。たった二十四時間前に私が信じていたトニーとの人生は窓から投げ捨てられ、冷たい形式ばった関係とぎこちなさがそれに取って替わりました。朝食の食卓では、彼の両親と結婚式の手配やその日の天気について、ちょっとした会話をしました。信じられないことに、大統領の暗殺は話題にあがりません。

朝食の後、トニーと私は出発しました。彼は私をニュージャージーの家まで送ってからフォート・ミードに帰る予定でした。ドライブ中、石のように冷たい沈黙が続きました。トニーはひたすら車を走らせ、私を一度も見ません。私の家から数マイル離れたガーデンステートパークウェイを降りた一般道に入ったとき、トニーは突然、公衆電話が並んでいる一角で車を停めました。サウスポートを出発してから初めて、彼は私に話しかけました。

「ホワイトハウスの番号を教えてくれ」

知りたがっている理由も、何をするつもりなのかもわからないまま、私は機械的に202-地域番号8-1414とすらすら答えました。トニーはその番号を復唱し、車を降りて電話に向かいました。彼は電話から戻ってくると、ホワイトハウスの誰であろうと二度と私に連絡してこないようプレスオフィスに伝えたと断言しました。

彼は嘘をついていたに違いないと今になってみると思います。大統領が殺されたばかりだったのです。ホワイトハウスの交換台は間違いなく電話が鳴り止まない状態だったでしょう。もしトニーの電話が通じたとしても、言うまでもなくもったいぶったプレスオフィスのスタッフが、怒りにふるえる口調で電話をかけてきた男がミミ・ベアードスレイについて何か言ったとしても、きちんと聞くとは思えませんでした。プレスオフィスは大統領の死と新しい大統領の就任一日目に対応するので当然、手一杯だったでしょう。しかしそのとき精神的にショックを受けていた私は、彼の言葉を信じました。

そしてその精神的ショックは永遠のものになりました。

道の傍らに車を停め、二人で車内に座っているとき、トニーは私が大統領との関係を隠していたことにもう一つの罰を与えました、それを私たちの結婚の条件にしたのです。

「ゆうべ僕に話したことは、決して誰にも話してはいけない」彼は言いました。「両親やお兄さんやお姉さん、弟と妹にもだ。誰にも絶対に言うな」

朝からずっと涙をこらえていましたが、もう止められません。罪の意識とトニーの怒り、そして来たるべき結婚式と私のこれからの人生が壊れつつあることに対する恐怖から、私は泣きじゃくり始めました。

「聞いてるのか?」彼は言いました。

私は動揺のあまり何も言えませんでした。私は前を見つめたまま、承諾のしるしにうなずきました。

「よし」彼は言いました。

彼が車を出したとき、私はほっとしました。彼に従えば、私たちの結婚式はそのまま予定通り行われると言ったのだと解釈しました。スキャンダルも誰かの顔に泥を塗ることも、結婚式が中止になった理由を泣きながら説明することもないのです。

実権を握っているのはトニーでした。そのことに私は本当に感謝していました。彼は誰にも自分の計画を邪魔させませんでした。そして彼の計画はまさに結婚することでした。私は長い間、彼は沈黙を求めることで私を守っているのだと考え、それをうれしく思っていました。しかしその後、彼が自分自身、そして自分の自尊心を守っていただけだと気がつくに至りました。私が秘密を暴露したことで、彼は恥をかいたのです。彼は自分よりも先に大統領が私の貞操を奪った事実を憎み、私が彼と知り合った後も大統領と会い続けていたことに屈辱を感じたのです。しかもあれほどのカリスマ性を備えた力のある人には敵わないとも思ったに違いありません。彼はおそらく、私に馬鹿にされているとすら思ったでしょう。ですから反応は理解できました。彼は傷ついていたのです。

しかし、私もまた痛みを感じていました。私が知っていた大統領は亡くなりました。間違ったやり方ではありましたが、私なりに賞賛し、愛していた大統領が亡くなったのです。そして彼のことを話す相手も、罪を打ち明けられる相手も私にはいないのでした。さらに大統領の存在を自分の人生から消し去ること、大統領などいなかったように振る舞うことまで命じられているのでしょうか？　私はすでに昨夜、私の秘密が解き放った、トニーの内なる陰鬱な力の片鱗《へんりん》を目にしていました。結局、私は一年半の間、秘密を誰にも話しませんでした。それなのに初めて打ち明けた結果、生み出したのは怒りと非難、性的な暴力と恥だけだったのです。

私がトニーの要求に簡単に同意したのは当然のことでした。

私はいまだによく、車内での出来事を考えます。何年もの間、私はトニーの最後の通告を、二度目に大統領公邸に招待されたときと同じように、私の人生の転換点だと思っていました。しかしこの本を書いている最中で、私はそれが違うことに気づきました。なぜなら私にはこのとき別の策をとる余地がなかったからです。振り返ってみると、私には二つの選択肢しかありませんでした。秘密を守ることに同意するか、それとも婚約を破棄するか。今でも選択の余地があるようには見えませんし、当時もそうでした。

もし、そもそもトニーに話さなかったらどうなったでしょうか。彼に話したときの私がどれほど苦しんでいたかを思うと、できたかどうかわかりません。でももし私が秘密を抑えつけていたら、その恥ずかしい秘密を守り続ける悪影響が、結婚式や新婚旅行、初めての出産など、結婚生活において重要なことが起きるたびに私の内面を蝕んだだろうと今では十分理解しています。彼に話さないという選択肢はありませんでした。

ですからトニーが婚約を維持する機会を与えてくれたとき——私がしなくてはいけないのは、ただケネディ大統領に関する話は二度としないということでした——、私はそれが命綱であるかのようにすぐに飛びつきました。それは許しではありませんでした。しかし私たちを先に進ませてくれました。私は沈黙を守ることに同意したのです。大統領に関するすべてを人生から締め出すことで、トニーをつなぎ止め、きまり悪い思いをせずにすむのであれば、それは受け入れられることでした。

私の両親の家で過ごしたそれからの四日間は、どの局でも絶えず大統領の死について放送していました。そして私たち一家はその報道に支配されていました。妹と両親は、マツの木材でパネル張りした書斎においてあるテレビに目が釘付けで、私はなるべくテレビを観ないようにしていました。私以外の全員がテレビの前で食事をしていました。国会議事堂の大広間に置かれ、国旗をかけられた棺の横を多くの群衆が弔問していく様子やリー・ハーヴェイ・オズワルドがダラスで殺されたという速報、ワシントンを出発しセント・マシューズ教会に向かう葬列、棺を運ぶ二輪馬車の後ろを歩く弟のボビーとテッド、敬礼する幼い息子ジョン、アーリントン国立墓地に二十一発の礼砲が鳴り響き大統領専用機が追悼飛行をしているときの、号泣と冷静な優雅さとの間をさまよっているようなケネディ夫人の冷たい表情。これらをちらりとでも見ないようにするのは不可能です。でも、私は胸が張り裂けるようなつらい映像が流れてきても、何も感じないようにするつもりでした。私は泣きもせず、一粒の涙も見せませんでした。

父と母は、私の無関心さと平然とした様子に当惑していたとしても、それについて何も言いませんでした。なぜワシントンに行こうとしないのかも尋ねませんでした。もちろん私の中に、ワシントンに行き、ホワイトハウスにいる友達と一緒に深く悲しみたい気持ちがなかったはずがありません。しかし私は、トニーの要求を守ろうと決意していたのです。

一方トニーは、陸軍での軍務期間を終えようとしていました。結婚前のかなり長い期間、私たちが離ればなれになっていたのは、このせいでした。ただ、私たちの関係の性質は変わってきていました。私たちはいつも、何の悩みもないかのように明るくふざけ合っていました。しかし、そんなときでも彼が常に私を監視し、まるで私に欠けているものを探しているような感じです。ぞっとするような不安を抱きました。私はこれを彼の正当な怒りのせいだと思いましたが、それは時が解決し、結婚式と新婚旅行の喜びによって消えると考え、そう望んでいました。

トニーと私は一九六四年一月四日にニュージャージー州のミドルタウンにある、キリスト・メモリアル英国聖公会教会で結婚しました。そのときの写真に写っているのは、幸せそうで何の心配事もないカップルです。私たちは笑い、ダンスをし、伝統的なケーキをお互いに食べさせてあげていました。私の付き添いは七人でした。その中には立会人代表を務めた私の姉のバフィーと、花嫁介添人のマーニー・スチュワート、カーク・ディエット、そしてウェンディ・テイラーもいました。私は母のウエディングドレスを着ました。

ニューヨークタイムズに掲載された結婚告知によると、私が身につけていたのは「エンパイア・スタイルの象牙色のサテンのドレスと、花婿の母方の祖母の持ち物だったバラの花のついたヴェール」でした。私はオンシジウムのブーケを、介添人たちはピンクのバラを持っていました。彼女たちは森のように深いグリーンのベルベットの長いガウンを身につけ、さらに深い緑のリボンを髪につけていました。花婿の介添人も、私たちの卒業した寄宿学校や大学の名前も記載されていました。私たちの祖父母の名前や、私が「出席していた」デビュタントの舞踏会についてすら書かれていました。

私はその新聞告知のためにすべての情報を提供しました。ですから細かく書かれた社交歴に明らかに省略された部分があるのに気づいていたのは私だけでした。数か月前に新聞に掲載された私たちの婚約発表には、私が一九六二年と一九六三年にホワイトハウスのプレスオフィスで働いていたことが誇らしげに記載されていました。しかし、私の結婚式の発表ではそれには触れられていませんでした。まるで私の人生にそんなことはなかったかのようでした。

第十二章

それこそがミミ・ファーネストックとしての私でした。

ただトニーの姓をもらっただけではなく、彼の人生の目標も引き受けたのです。それはまずニューヨークに居を構えることを意味しました。陸軍での任務が終わり、トニーがモルガン・ギャランティに就職したからです。私たちは、マンハッタンの西七十八番街の小さなアパートで暮らすことになりました。部屋はとても小さく、キッチンでは冷蔵庫を開けるとオーブンのドアを開けることができませんでした。トニーのために毎晩食事を作り、彼のキャリアを支えると同時に自分自身も職に就き、もっと大きなマンションか郊外の家を買うために貯金すること、それほど遠くない将来、子どもを作り始めるという目標を分かち合うことも意味していました。

私たちはこのような二人の目標について深く話すことも、話し合いを重ねることもありませんでした。私たちはとても似た環境で育ちました。そのため、自然にこれからの人生プランを共有していたのです。私はまだ二十歳でしたがこれらの目標を絶対的な熱心さで受け入れました。それはいつでも幸せな主婦として思い描いている人が持つような熱意でした。一九六四年に私が描いていた自画像は、アメリカの大多数の女性とほとんど同じでした。ブラジャーを燃やすような抗議活動が起きるのはあと四、五年先でした。私は結婚していて、これから先の人生が目の前に広がっていました。

私たちの結婚は二十六年続きました。その期間は薄気味悪いほどの正確さで二つに分けられます。幸せだった最初の十三年間と、そうではなかった残りの十三年間です。その結果、一九九〇年に離婚しました。

結婚が失敗したのには数えきれない理由があります。そしてその理由すべてが、一気に露《あらわ》になってきたわけではありません。最初は誠意ある気持ちで始まったにもかかわらず、長い年月の間に疎遠になり、最後には同じ家に住んでいるけれど、その気持ちの半分が敵意に占められた他人になっていたのです。

何年もの間、結婚生活の失敗の責任を、ケネディ大統領との不倫関係に負わせまいとしていました。大統領との関係についてトニーに話すことは、幸先のよい結婚の始め方でも、健全なやり方でもないということはわかっていましたが、それが最初から私たちの結婚を悪い方向に運命づけていたと考えたことはありません。結局のところ、私たちは十三年間幸せに暮らし、二人のすばらしい女の子をもうけ、最終的に六人の孫に恵まれました。彼らはこのうえなく大切な存在で、彼らのいない人生を想像することはできません。ですから結婚は、私にとって愛おしいもののほとんどを生み出してくれたものだと言えるのです。

しかし離婚から何年かが経ち、マンハッタンで一人で暮らすようになったとき、私は秘密を打ち明けたことが結婚に与えた影響についてもう一度考えました。分かち合った幸せな年月のことを思えば、自分たちはその秘密にこだわっていなかったはずです。しかし私がケネディ大統領との不倫を認め、トニーが私にその秘密を永遠に埋めておけと求めたことは、結婚生活に持ち込んだ二つの病原菌だったのです。その病原菌はゆっくりと、痛みを与えながら結婚生活を死に導いたのでした。トニーはその日以降、私を完全には信頼しませんでした。それは当然のことでした。何ものも彼の傷の深さを消し去ることはできませんでした。彼は結婚生活が続く間、その重荷を常に背負っていました。一緒に生活しているとき、その重荷は常に彼の感情の中に織り込まれていることが感じとれました。彼の怒りと嫉妬が完全に消え去ることはなかったのです。

私はこれは私たち二人のせいだと思っています。私たちがオープンに話す方法を見つけていたら、そして私の不倫を私の恥、そしてトニーの屈辱の印として扱っていなかったら、秘密の持つ毒の力は時間が経つにつれて消え去っていったはずです。賢明な大人であれば――私は今に至るまでの間に、前よりも賢く大人になりました――トニーと対決したことでしょう。私は、彼に選択するように立ち向かうべきでした。「あなたは何をしたいの？」、私はこう言うことができたでしょう。「私たちの残りの人生をこの怒りにしがみついて過ごすの？」

最初から自分の尊厳を守るためだけであれば、私は譲れない一線を示し、「もし許すことができないのであれば、結婚するべきではない」と言うべきだったのです。

しかし私はそのようなことは決して口にしませんでした。言わなかっただけではなく、考えもしませんでした。そんな破壊力を秘めた最後通牒を与え、強く自己主張するほどの自信がありません。また私たちの沈黙が結婚生活に悪い精神的状況を生み出すことがわかるほど、成熟していませんでした。

その代わりに私は無邪気に自分の人生からケネディ大統領の痕跡を消し、そんな関係などなかったように装いました。ケネディ大統領に関するものを読んだり見たりしないように努力するだけでもだめでした（注一）。内面もコントロールする必要がありました。もし、大統領のことが私の頭に不意に浮かび上がったり、大統領との関係をじっくり考えて時間を過ごしたりすることを自分に許したりしたら、それはトニーを裏切ることと同じだと私は信じていました。過ちは常に、私をじわじわと責めました。

私はトニーと結婚した後、大統領からの三つの贈り物をアパートのいろいろな場所に隠しました。婚約したときにくれたゴールドとダイヤモンドのピン、ブルーミングデールで買ったグレーのスーツ、そして私がワシントンを離れるときにくれたサイン入りの写真でした。数か月が過ぎ、私の罪の意識がより深くなったとき、私はこの贈り物たちを犯罪の証拠と見なすようになりました。あなたは犯罪の証拠をどう扱いますか？　そう、捨てるでしょう。

私は一九六四年のある日、実行に移しました。トニーは仕事に行っていました。私はそのとき、タイプと速記の技術を磨くために秘書学校に通っていました。まだ仕事に就いていなかったので、私には昼間に時間があったのです。

スーツをアッパーイーストサイドの二番街にあるリサイクルショップに持っていきました。自分が持っている中で最も贅沢な服を手放すことに心の痛みを感じながらも、カウンターの後ろにいる店員の女性に渡しました。

「まあ、お嬢さん、どうしたの？」スーツをざっと調べた店員がそう尋ねたことを覚えています。

「新品に見えるわよ。サイズが合わないの？」

私は何も言わず、ぼんやりと彼女を見つめました。

次はゴールドとダイヤモンドのピンでした。最初、私はそれをアパートの部屋の外の廊下にある、焼却炉行きのダストシュートに捨てようと考えました。しかし、シュートの扉を開けたとき、私はそのピンをゴミとして捨てる気持ちになれませんでした。そうするには美しすぎました。私はそれを二番街と二十三番街の角にある質屋に持っていき、涙を必死に抑えながら店員に渡しました。質屋が言った値段は記憶に残っていませんが、金額を店員と交渉する気分ではなかったことは覚えています。私はバッグに折り畳んだお金を入れ、店から出るとすぐに質札を捨ててしまいました。ピンを処分したとき、とても強い安心感を覚えました。夫に対する義務を果たしたんだと自分に言い聞かせました。

残っているのは写真でした。アルバムに入れた他の写真の裏に隠していたそれを取り出したとき、私はとても優しい気持ちになりました。私は最後にもう一度大統領の姿を眺めました。青いポロシャツと白のパンツを着て、ボートに乗っていた彼は、右手で舵を持ち太陽に向かって微笑んでいます。私は献辞に指をはわせました。「ミミへ。心からの敬意と感謝をこめて」、そう書き終えた大統領が私を見て「この本当の意味を知っているのは君と僕だけだ」と言ったときのいたずらっぽい、内緒話をするような口調を私は思い出しました。

私は引き出しから鋏《はさみ》を取り出し、その写真を細かく切り刻みました。

私はその写真が思い起こさせる親密な関係に動揺し、取り乱して強迫症のようになっていました。誰かがそれをくっつけて元通りにするかもしれないという突飛な恐怖にいきなり襲われたほどです。ゴミ箱に捨てても、焼却炉に入れたとしても安全とは思えなくなっていました。私はそれを小さな手提げの紙袋に入れると、通りに出ました。そして近所のいくつかのゴミ箱に少しずつ捨てて回りました。もし、誰かがその写真の持ち主を突き止めたければ、その人はたくさんのゴミ箱の中を探り、大量のセロハンテープを使わなくては私までたどり着けなかったでしょう。

それから私はアパートに戻り、リビングに座ってトニーの帰りを待ちました。自分の中からケネディ大統領の最後の残骸を取り除けば、すべてがもう一度うまく行くと私は信じていたのです。これから先、トニーが偶然、贈り物を見つけることは決してありません。彼の怒りに直面することももうないでしょう。私は自分たちにとって正しいことをした——そう考えていたのです。

その夜、トニーは帰ってくるとお酒を注ぎ、私の頬に軽くキスをしました。私はその日一日のことを尋ね、彼の仕事について軽い会話をかわしました。それは平凡で楽しいおしゃべりでしたが、もちろん想像していたような安心は得られませんでした。私はその日に自分がしたことを話すことができず、まだ暗雲がつきまとっていました。

広い意味で考えると、これはその後、私たちの結婚生活でよくあるパターンになりました。徹底的に正直に語り合って解決しなくてはならない、心の問題に関わるような出来事が起き、話す必要があるとき、そうすることを常に避けてきたのです。

一九六四年六月、私は自分が妊娠していることを知りました。ケネディ大統領からの贈り物を捨ててから数週間後でした。これは計画したことではありませんでしたが、うれしいニュースでした。あるのは財政的な問題だけでした。赤ちゃんのためにもう一つ寝室のある、もっと大きなアパートが必要でした。しかもトニーのお給料だけでどうにかしなくてはなりませんでした。私は初めてのフルタイムの職に就いたばかりでした。しかも驚いたことに、それはニューヨーク州共和党委員会での仕事でした（これは、私がケネディ大統領の民主党政権への関わりを徹底的に隠していたことを示しています）。そして私は新しい雇い主が妊娠にどう対応するか心配していました。私は翌年二月の出産予定日まで働き続け――私たちはお金が必要だったのです――それから母親業に専念するつもりでした。

しかし、そうはなりませんでした。

妊娠七か月目、トニーと一緒にニュージャージー州の両親を訪ねていたとき、夜中に突然陣痛が始まりました。私はレッドバンクの近くにあるリバービュー病院に救急車で運ばれ、予定よりも八週間早い一九六四年十二月六日に男の子を出産しました。息子のクリストファー・スノーデン・ファーネストックはちょうど一年前にパトリック・ブービエ・ケネディの命を奪ったのと同じ病い、発育不全による肺機能症候群にかかり、翌日亡くなりました。悲嘆にくれながらも私はこの偶然を受け入れました。トニーが私と同じように考えていたかはわかりません。この子についても喪失感についても、彼と話をした覚えがないからです。傷はあまりにも新しく、つらすぎました。何を話し合うことができたでしょうか。私は話し合わなかったことについてトニーを責めていません。赤ちゃんや幼い子どもを亡くし、それに触れる気持ちに決してなれないカップルたちを私は知っています。しかしクリストファーについて話し合わなかったことは、最も必要なときに私たちが互いに慰めあえなかったことを示す、もう一つの事例なのです。

子どもの死を完全に乗り越えられる母親はいません。このときから数週間後に撮った自分の写真を見ると、一年前の楽天的な花嫁の姿との落差に衝撃を受けます。妊娠で体重が増えたせいで私の顔と体はむくみ、眼球は生彩を欠いています。そして口角の下がった口元は、笑い方を忘れたかのようです。

難しいことでしたが、私は勇敢にも立ち直ろうと努力しました。すぐに仕事に戻り、自分のせいでみんなに負担をかけないようにしました。悲しみはゆっくりとではありますが消えていき、人生に再び感謝できる状態までになりました。私たちは二つ目の寝室のある新しいアパートに住んでいましたが、トニーはそこを自分の仕事部屋にしました。彼の仕事は順調でした。その後すぐに私たちはマサチューセッツのケンブリッジに引っ越すことになりました。トニーがハーバード・ビジネススクールでMBAを取ると決めたからです。

それは新しいスタートになるはずでした。

トニーはハーバード・ビジネススクールで大活躍しました。彼が幸せだったため、私も幸せでした。トニーの授業料は奨学金でしたが、生活費をまかなうのは私の役目です。ニューヨークの共和党のつてで、私はマサチューセッツ州司法長官のエリオット・リチャードソンの事務所で秘書の職を得ました。彼は眼鏡をかけた礼儀正しい人で、一九七三年十月、ウォーターゲート事件特別検察官アーチボルド・コックスを解任せよというリチャード・ニクソンの命令を拒否し、辞任したことで有名になりました。秘書は重要な仕事でしたが、ケネディ政権時代の魅力も面白さも持ち合わせていませんでした。そしてもちろん、仕事以外での派手なお楽しみもありませんでした。私は、その事務所の誰にもふた夏にわたってホワイトハウスのインターンをしていたことは決して言いませんでした。経歴書にも故意に書きませんでした。

私たちはチャールズ河の目と鼻の先にあるゲリー街の大きな下見板張りのアパートに小さな部屋を借りていました。ハーバードから歩いてすぐのところでした。当時はアメリカ全体で政治に大きな変化が起きているときでした。しかし、トニーと私は自分たちの計画——トニーは勉強し、私は請求書を確実に払えるようにすること——に集中していたので「革命」にはほとんど関わりませんでした。私たちはとても保守的で古くさい人間でした。アパートから数ブロック離れたところでは陸軍の放出物資を着た長髪の学生たちが、ベトナム戦争に対する抗議運動をしていました。その間、トニーは白いボタンダウンのシャツとクルーネックのセーターに紺のブレザーを羽織って学校に行き、私は上品なブラウスとスカート姿で、その州の司法長官である共和党員の事務所に仕事に行っていました。私たちが吸うのはマリファナではなくタバコでした。バリケードを作る代わりに、アパートに引きこもって過ごしました。私は遅くまで仕事をし、家に帰ると煮込み料理か、トニーの好きなレタスをたっぷりはさんだハンバーガーを作りました。夕食を外に食べにいく金銭的な余裕はなく、そのため人と遊びに行くこともあまりありませんでした。トニーが机に向かって勉強している間、私はソファで丸くなって本を読んでいました。著名な政治活動家で、ハーバードの民主社会学生連合（SDS）の創設者の一人であるマイケル・アンセラが同じアパートの一室に住んでいましたが、そこに住んでいた二年間、口を利いた記憶はまったくありません。

その頃、騒いで遊ぶことはありませんでしたが、私たちの関係はロマンティックな感情を取り戻しました。私とトニーは仲のいい夫婦でした。自分たちの人生設計に一丸となって取り組んでいました。トニーはMBAを取ったらニューヨークに戻り、金融業界でみんなが熱望しているような職に就く予定でした。

私はケネディ大統領のことをまったく考えませんでした。私たちがハーバードに住んでいることを思うと、これはとても異常なことです。当時最も有名なハーバードの卒業生と言えば、もちろんケネディ大統領でした。ジョン・F・ケネディ公園、ケネディスクール、J・F・ケネディ街、これらはすべて、私たちのアパートのドアから一〇〇〇ヤード（約九〇〇メートル）以内にありました。もしケネディ大統領の思い出を避けたいのであれば、ボストン周辺がもっともふさわしくない土地です。実際、ケネディ大統領のテーマパークのような場所でした。

クリストファーの死から三年経ちました。トニーはまだ学生で、私はささやかなお給料を稼ぐため秘書として働いていましたが、子どもを持つことを決意しました。そして一九六八年九月二十二日、トニーが二年生になった数週間後、それが叶いました。娘のリサは健康で完璧でした。私はおむつ替えから真夜中の授乳まで、彼女の世話の全部が大好きでした。リサにとって初めての外出のとき、青いベビーカーを押してブラットル街を歩き、「私の授かったものを見て」と薬局の主人を外に誘い出しました。彼女が私のもらった物の中で最も尊い贈り物であるかのように、そう言ったのです。突然リサが私の人生の中心になりました。

私の秘密はもちろん、深く埋められたままでした。

しかし一九六九年の爽やかな春の日の午後のことです。リサをベビーカーに乗せて散歩に出かけたとき、マサチューセッツ街の美容室の前を通りかかりました。美容室のウィンドウには、フランシス・フォックスのヘアケア製品の広告が出ていました。私がいつも大統領の髪の手入れをしていた頃から六年の月日が経っていましたが、突然、沸き出る感情に圧倒されました。道の左右を見て誰も私を見ていないことを確認すると（馬鹿なことだとはわかっています）、リサを抱き上げ、どんな製品が売られているのかを見ようと店内に入りました。何かを買おうとは思っていません。ただ数分間でいいから、大統領の温かい思い出を楽しみたかったのです。私はボトルを手に取り、それを両手の中で転がしてみました。そして、私は注意深くそれを棚に戻し、外に出てきました。私は自分のしたことに深く罪の意識を感じ、この事件を心の奥底にしまい込みました。このことを誰かに話すつもりはありませんでした。リサはまだ六か月になったばかりで、彼女も話すことはありません。

一九六九年六月、トニーはMBAを取得しました。そして私たちが望んでいたように、ゴールドマン・サックスからお給料のいい仕事をオファーされました。勤務先はニューヨークでした。最初、私たちは緑の多い郊外が子育てにはぴったりだと考え、コネチカットのグリーンウィッチに小さな家を借りました。しかし九か月間そこから通勤した後、トニーは街に戻るのも悪くないと思うようになりました。私もです。活気ある街の暮らしを恋しく思っていたのです。トニーの同僚の一人がイーストリバーをはさんでウォール街の反対側の、ブルックリン・ハイツ界隈を勧めてくれました。私は父の生まれた場所であるということしか、ブルックリンについて知りません。驚くべきことに私たちは地元の新聞を武器に、たった一回の週末を費やしただけで申し分のないアパートをヒックス街に見つけたのです。アパートは庭に囲まれ、一部屋で一階分を占めていました。トニーは職場まで地下鉄で一駅なのを喜び、私はこの地域が大好きになりました。そこは街でしたが、にぎやかすぎるほどではありません。私の腕にはかわいい赤ちゃんが、傍らには一家の大黒柱ですばらしい夫がいました。すばらしい人生でした。

（注一）一九六四年後半、これはやさしいことではありませんでした。ケネディ大統領が亡くなってから七日後、ジョンソン大統領は事件を調査するためにウォーレン委員会を設置しました。委員会は一九六四年九月に八百八十八ページに及ぶ報告書を提出しましたが、すぐにそれは論争を引き起こし（それは現在まで続いています）、再び至るところでケネディ大統領の名前と写真を見聞きするようになったからです。

第十三章

トニーにケネディ大統領のことを打ち明けた一九六三年十一月から、デイリーニューズが私の秘密を暴露した二〇〇三年五月まで、自分の不倫についてほとんど誰にも話しませんでした。若い時期は完璧な妻、そして母親になるために費やしました。もちろん、それは私が幸せだったことを意味するわけではありません。しかし私は不幸であることを落ち着いている雰囲気で隠していました。私はそれがとても得意でした。家族や友達には、私は夫に忠実で有能な妻として生活に満足しているように見えたはずです。しかしどんなに一生懸命努力を続けても、その見せかけに亀裂が生じるのは避けられませんでした。

一九七三年の夏、私は秘密をいとこのジョアン・エリスに話しました。私はちょうど三十歳になったところでした。長女が生まれてから三年後に二人目の娘のジェニーが生まれ、ちょうど歩き始め、言葉を覚えているところでした。リサとジェニーは両親に溺愛《できあい》され、常に温かな眼差しを向けられていました。ジェニーが生まれる前までに、トニーのキャリアはゴールドマン・サックスで開花し、私たちはブルックリン・ハイツにある一流のコーポラティブ・アパートに、寝室が三室ある部屋を借りるほどに金銭的な余裕ができていました。またニュージャージー州のラムソンには夏用の別荘を借りていました。

その別荘は街から一時間ほど離れたところにあり、長い石で舗装された私有車道を走った丘のてっぺんにありました。美しい家具が備え付けてありましたが、テレビはありませんでした。

一九七三年の夏、テレビがないのが問題でした。国中がウォーターゲート事件に釘付けになっていたのです。ほぼ毎日、ネットワークはいつもの番組を変更し、ノースカリフォルニア州の上院議員のサム・アーヴィンが議長を務める上院聴聞会を放送していました。私はみんなと同じように、この前例のない政治的ショーに魅了されていました。たいていの日、トニーが仕事に行っている間、車に娘たちとベビーシッターを乗せ、いとこのジョアンの家まで車を走らせました。ジョアンは必ず聴聞会を観ていました。

ジョアンは私よりも十二歳年上でした。ニュージャージー州に戻ってきて電子機器会社を設立し、三人の子どもを育て始める前、ジョアンと彼女の夫はワシントンD.C.で働いていたことがあります。ジョアンは私の知っている女性の中で最も賢く、それに加えて最も人前に出たがらない人でした。噂話もせず、人目を避け、地域に住む人との社交の場にも近づかないよう努力していました。私の人生の中で秘密の力を十分に理解している人がいたならば、それはいとこのジョアンでした。

七月第三週目に行われた聴聞会は異常なものでした。アレクサンダー・バターフィールドが大統領執務室に高機能の録音装置があることを暴露したのです。これはニクソン大統領が関する会話のすべてが記録されているということを意味していました。ベビーシッターが娘たちを昼寝させに行っている間、私とジョアンは新鮮な空気が吸いたくなり、聴聞会を観るのをいったん中断して、近くのサンディフック国立公園に行くことにしました。浜辺を歩きながら、会話を録音したテープがニクソン大統領にどのくらいダメージを与えるのか、彼がいつからテープの内容を秘密にしてきたのか、話していました。

「秘密ね」、ジョアンは言いました。「秘密はいつも、その人に悪い影響を与えるものよ」

それがおそらく引き金でした。その夏、愛らしい娘たちと成功した夫と一緒に美しい家で暮らし、私は人生で最も満たされた時をすごし、充足感を感じていました。私は自分の結婚生活に安心していたので、トニーとの約束を一度だけ破っても大きな問題になるとは思っていなかったのです。私たちは政府と大統領について話をしていましたし、ジョアンには何でも話せました。私は彼女を崇拝していたのです。

「わかるわ」、私は言いました。「私も秘密にしていることがあるの」

私は彼女に話しました。一番驚いたのは空が落ちてこなかったことです。雷にも撃たれませんでした。私はもう恥や罪の意識もふしだらさも感じませんでした。実のところ、話したことで気分がよくなりました。

ジョアンは私が期待した通りのすばらしい人でした。彼女はケネディ夫人と同じ時期にヴァッサー大学に通い、ケネディ政権に関するすべてを熱烈に崇拝していました。しかも彼女はいやらしい質問で私を追いつめませんでした。衝撃や驚きも見せませんでした。彼女はただすべてを受け入れてくれ、こう言いました。「それはいつか、あなたの孫たちに聞かせるのに面白いお話になるわね」彼女の前向きな答えが、現在に至るまで私たちの連帯感を強めてくれています。

車でジョアンの家に戻り、娘たちを乗せて帰るとき、私は彼女に話せたことを喜んでいました。でも彼女以外の誰かに話す度胸があったのかどうかはわかりません。唯一確かなことは、約束を破ったことをトニーには言わなかったことでした。

私が秘密を話すまで、十年が経っていました。穏やかな結婚生活を十年続ける中で、外からは想像もつかない亀裂が広がっていたのです。

一九七六年、トニーと私はブルックリン・ハイツで最もすてきな通りであるガーデン・プレイス十九Aに三階建ての古い家を買いました。家は多額の費用をかけて改修しなくてはなりませんでした。私は、ニューヨーク・スクール・オブ・インテリア・デザインに通い、インテリアデザイナーの資格を取得しました。一年間、私たち家族四人は漆喰《しっくい》のほこりや作業員たち、むき出しの配管に囲まれ、電化製品が足りない中で暮らしていましたが、改修の細かい部分に責任を負っていたのは私でした。この仕事があったせいで、夫は私に近づきませんでした。何かうまく行かないことがあると彼は車に乗り、ニュージャージーまで車を走らせて、週末と夏を過ごすために借りていた小さな家で一晩を過ごしました。

馬鹿げたことに聞こえますが、一九七七年のこの改修は私たちの結婚にとって境界線でした。十三年間幸せに過ごしてきましたが、これを境に不幸せな十三年間に入ろうとしていました。結婚生活から愛がなくなる瞬間を特定できることはあまりあることではありません。

その夏、私たちは改修中の家のバルブから逃げるために、友人が借りていたメイン州のテナンツ・ハーバーの農場を訪れていました。招待してくれた友人は、私たちをロブスターの夕食や冷たい飲み物、ボードゲームでもてなしてくれました。招いてくれたご夫婦の愛情に満ちた楽しそうな関係と、空虚でほとんど死んだような私たちの夫婦関係が対照的で、ショックを受けたことを覚えています。愛がなくなる瞬間が訪れたのは、メイン州で過ごす最後の日の朝でした。私の目が覚めたとき、トニーはベッドの中で、私とは一緒にいたくないかのように突然背を向けました。そのときついに私は、彼と一緒にいたくないと思っている自分を認めました。

文字通り私を救ってくれたのはランニングでした。私は七〇年代の終わりにタバコをやめました。そして体型をもとに戻し、ある種の幸せを手に入れるための方法としてランニングを始めました。私はラムソンカントリー学校の男の子の陸上チームに入っていた唯一の女の子でした。そのときに抱いていたランニングへの愛を甦《よみがえ》らせるのに、なぜこんなに長い時間がかかったのかわかりません。しかし家の近くの、イーストリバーに沿った散歩道を初めて走ったとき、これが自分の得意なものだとわかりました。

ランニングはすぐに毎日の習慣になり、それは私の生活に内面の平穏をもたらしてくれました。私はリサとジェニーが起きだす前の五時三十分に起床し、グレーのスウェットパンツを身につけ、コーヒーを一杯急いで飲んでから、最低四マイル（約六・五キロ）のジョギングに出かけました。

一九七九年に初めてニューヨークシティマラソンを走りました。記録は四時間十六分でした。私は完走したことを誇りに思い、すぐに次のマラソンで四時間を切ることを誓って、トレーニングを始めました（そしてそれを成し遂げました）。間もなく私はニューヨーク・ロード・ランナーズ・クラブでボランティアを始め、ブルックリンでの気まずい家庭生活とは関係のない、自分と多くの共通点を持つまったく新しい友達に出会いました。トニーは私のランニングに不満は言いませんでした。子どもたちは心から認めてくれました。私を自慢に思ってくれているようにすら見えました。ニュージャージーで過ごす週末には、いつもより長い距離を走りました。走り終わると子どもたちと三人で車に乗り、私が走った一五、六マイルのコースをたどって走行計で測りました。その後はいつも地元のデイリー・クイーンに行き（おそらくこのことが、娘たちが私のランニングを応援してくれていた理由を説明してくれるはずです）、チョコレートスプレーをトッピングした大きなソフトクリームを注文しました。

一九八一年二月、私はニューヨーク・ロード・ランナーズ・クラブに学術図書館を作るためのパートの仕事に就きました。お給料は最低賃金をかろうじて上回る程度でしたが、私は気にしませんでした。同僚たちはみんなランナーでした。正直に言って、ホワイトハウス以後、このときのような興奮と目的意識を感じたことはありません。私は特にビル・ノエルという上級スタッフに惹かれました。私と彼は一緒にトレーニングをし、昼食をとり、理由をつけて互いのデスクを日に何度も訪ねました。この浮わついた関係は、私たちに共通するランニングに対する愛や、それが与えてくれる達成感や健やかさによって、加速しました。

ビルが一九八二年五月に開催されるロンドンマラソンを走ろうというすばらしい計画を提案したとき、私は即座に承諾しました。私たちは他の人を含め五人でロンドンに行きましたが、レースへ参加したのは私とビルだけでした。他の三人は観光と応援のために来ていました。そのために私とビルはレースの前夜、同じ部屋を割り当てられたのです。私たちは睡眠をとらなくてはなりませんでしたが、他の人たちは夜の街に繰り出しています。このことは関係がどれだけ無邪気であったか、そしてマラソンにどれほど打ち込んでいたかを物語っています。私たちを含めグループの誰一人として、この寝室の割り振りが不適切であるとは思いませんでした。そのとき私と夫は五年間、セックスレスでした。実のところ、抱きしめ合うこともめったにありませんでした。その夜、ホテルの部屋で一人になったとき、自分がいかに肉体的な愛情とつながりを求めていたのかに気づきました。私は自分から大胆な行動を起こしました。ビルも、そして私もこれには驚きました。私は自分のベッドではなく、ビルのベッドに入りこんだのです。私たちのセックスは何か月ものトレーニングの間、互いに励まし合ってきたことから自然に生まれた集大成のようにも思えました。私はその二日前に三十九歳になっていました。ビルは私の三人目の恋人でした。

翌朝、グリニッジ公園のスタートラインに向かう電車に乗ったとき、私は後悔していませんでした（自己ベスト記録の三時間二十七分でゴールしました）。ニューヨークに戻る飛行機に乗り、これからトニーと再び会うことを考えるまで、罪の意識はまったくなかったのです。そして、不倫の事実を十分認識したとき、私は別な明白な事実から目を背けることができなくなったのです。その事実とは、トニーに対し沈黙を何年も守り続けた結果、私たちの結婚は崩れかけていたということです。

そんなことがあった後の一九八三年、私はブルックリン・ハイツの家の居心地のいいリビングルームに妹のデヴと一緒に座っていました。デヴはその前の年、私の家で結婚式を挙げていました。私たちは結婚式のことを回想し、そのときに男性に関する気のおけないおしゃべりをしたことを思い出しました。私たち姉妹がセックスのことを話題にするのはそれが初めてでした。それを思い出したことで、ビルとの関係について話そうという気持ちになりました。私から行動したと聞いて、デヴは驚いていました。他の男性のベッドに飛び込む私の姿、つまり自己主張する私の姿は彼女には想像できなかったのです。普段の私とは異なる、デヴが見たことのない一面でした。加えて、私と彼女は経験の点でもまったく違いました。妹は三十三歳で結婚するまで、数多くのボーイフレンドと交際していました。

「ビルと関係を持つまで、お姉さんが一人の男性に縛られていたことが驚きよ」

「そういうわけでもないの」私は答えました。「六〇年代にワシントンで働いていたときに、結婚していた男性とつきあっていたのよ」

「それって、ケネディ大統領?」

「なぜわかるの?」

「何となくね」彼女は言いました。「彼ってそういう噂があるじゃない?」

私は彼女の直感に圧倒されました。まるでずっと明らかだったことを目にするように私の真実を見抜いたのでした。そのため私はそのことを詳しく説明する必要はないと思いました。それよりもどのようにトニーが私に秘密を封印させたかを主に説明しました。デヴは困惑し尋ねました。

「じゃあなぜ私に話しているの？」

なんと答えていいのかわかりません。でもありがたいことに、彼女は話題を変えてくれました。私も、そして妹も安心したと思います。私がどんなに不幸であるかを知った妹に、それ以上何が言えたでしょうか？

私はそれから三年間、ニューヨーク・ロード・ランナーズ・クラブでの仕事を続けました。ビルと私はその後も一緒にトレーニングをし、レース——一〇キロレースからトライアスロンまで——に出場しました。それは私が怪我をするまで続きました。その後、私は手術を受け、もっと気軽なランナーになりました。私はときどきビルとの人生を想像してみることがありましたが、ビルはその可能性すら考えませんでした。ビルとの関係は私が地元のテニスとスカッシュのクラブで、フルタイムのマネージャーの仕事を引き受けたときに終わりました。そして私はゆっくりとランナーとして生きていた世界を離れ、不幸な結婚生活へと戻っていきました。

八〇年代の残りの時期、私は誰かに自分の秘密を話そうとは考えませんでした。実際は崩壊しつつある結婚生活を送ることはとてもつらく、私が友達や家族と何かを共有することはほとんどありません。トニーと私が互いの存在を認めることもほぼ皆無でした。私たちが感情を通わせられないことは、当時ティーンエイジャーだったジェニーのことも傷つけました。ジェニーは両親に怒りを抱いていましたが、特に私だけにつっかかりました。私のほうが標的にしやすかったからです。

「母親として最悪だわ」ある日ジェニーは叫びました。

何がジェニーの長く厳しい攻撃を引き起こしたのかは覚えていません。でもこれは容赦のない警鐘であり、私の人間としての核の部分が切りつけられた瞬間でした。ジェニーは私のことを自立していない中身の空っぽな女性として見ていたのです。私はマンハッタンで用事を片付けながらこのことを一日中考えていました。一九八九年四月の金曜日でした。トニーは週末を過ごすためにニュージャージーに行く予定だったので早く帰宅するはずです。私はマジソン街をグランド・セントラル駅に向かって歩き、ヴァンダービルト街に面した西口から構内に入りました。階段の上に立ち、アリのような急ぎ足で歩く通勤客を眺め、待合室の向かい側にあるコダックのパノラマ広告を見上げました。熱帯の浜辺で手をつないだカップルのロマンティックな姿が大きく映し出されています。ありふれた風景ですが、そこに見えるのは愛だけで、私はとても悲しくなりました。熱烈な愛のある自分の未来を想像できなかったからです。私の目から涙があふれました。

私が家に着いたとき、トニーはキッチンに立って電話をし、ニュージャージーにいる友達とこの週末の逃亡計画を相談していました。私は戸口に立ち彼を見つめながら、私に気づくまで何秒かかるか数えていました。彼は壁から出ている長い黄色いコードを手に巻き付けていました。そして人差し指を立てて、私に少し待ってくれと合図を送りました。やっと彼は電話を切り、イライラした表情で私を見ました。

「離婚したいの」私は言いました。

「何だって？」

「聞こえたと思うわ」私はそれ以上、何か言うつもりはありませんでした。私は彼の答えを待ちました。

「本気か？」彼は言いました。「君は自分の求めるものを理解していた試しがない。でももしそれならそれでいい。君は後悔することになると思うが」

彼の最後のセリフは宙を漂いました。私の決心を変えるための忠告というより、脅しのようでした。ある意味、彼は正しかったのです。私は、自分が何を求めているのかきちんと理解していませんが、変化に向けて一歩踏み出さなくてはならないことはわかっていました。自分の不幸や結婚の崩壊がトニーだけの責任ではないこともわかっていました。トニーのせいであるのと同じくらい、私のせいです。私は、彼の人生を幸せなものにはしませんでした。しかし私はまた、私たちの結婚が不幸の終着点に到着したこともわかりました。

トニーは憤慨しましたが、不機嫌になったり怒りを募らせたりするような性質ではありません。彼はただちに計画をたて始めました。彼は家から近くのウィロウ街にアパートを買い、私たちはガーデン・プレイスの家にそのままとどまりました。私たちは二人とも弁護士を雇い、十二か月にわたる刺々しい交渉を経て夫婦ではなくなりました。

その数か月後、一九九一年の夏、私はミス・ポーターズ校時代からの親友であるマーニー・ピルスベリーに離婚の詳細について報告していました。二年目の夏のインターンのとき、私はジョージタウンのワンフロアのアパートをウェンディ・テイラーと彼女とシェアしていました。その頃、彼女の名前はマーニー・スチュワートでした。

私たちは一緒に夕食を食べていました。マーニーは私が幸せで元気にやっているか定期的に確認してくれていたのです。彼女は昔も今もそういうタイプの友人でした。私が二十六年間の結婚生活を分析している間、マーニーはとても忍耐強く聞いてくれました。私はマーニーに、一九八九年に結婚生活を終わらせる勇気を奮い起こすのは実際、難しいことではなかったと話しました。

しかしマーニーは私たちの結婚生活が自然に破綻したのだとは信じてくれませんでした。

「もっと大きな原因があったはずよ」彼女は言いました。

「そうね」私は躊躇しました。私は、何年もの間マーニーに話すことを我慢してきました。生まれながらの本能が現状を維持させていました。しかしそのとき、もう自分がトニーと結婚していないことに気がつきました、結婚の誓いはもう無効でした。秘密を葬り去る約束も同様でした。マーニーは私がケネディ大統領との情事を語っても、何も言いませんでした。彼女は最高の友達です。相手の話を聞くのに徹し、決してすべての問題に解決策を出さなくてはいけないとは考えないタイプでした。ときに必要なのはただ話を聞いてくれる相手なのです。

ようやくインターン時代の私を知っている友達に打ち明けられたことを私は楽しんでいました。大人としての私だけでなく、十九歳の私も解放されるのを感じました。とてもすばらしい気分でした。

私は自分の殻を少しずつ脱いでいきました。次に秘密を話したのは一九九四年五月十九日に訪れたジャクリーン・オナシスの死の余波のさなかでした。私はウィートン大学のクラスメイトのK・C・ハイランドと一緒にニューヨークのアッパーイーストサイドで夕食を食べていました。K・Cはウエストサイドからセントラルパークを通ってそこまで歩いてくる途中、五番街の一〇四〇番地にあるジャクリーンのアパートの外に一晩中寝ないで立っている熱狂的なファンと報道陣の群れに出くわしていました。ジャクリーンが亡くなってからすでに二日経っていましたが、彼らは息子のジョン・F・ケネディ・ジュニアが葬儀に関する知らせを発表するのを待っていました。

ケネディ政権時代に私がホワイトハウスで働いていたことを知っていたK・Cは、夕食の席でジャッキーの死の話を持ち出し、彼女に会ったことがあるかどうかを尋ねました。

「一度もないわ」私はミス・ポーターズ校にいたとき、ジャッキーへのインタビューを試みたことを話しました。その話から私のインターンの話になりました。

「ジャッキーが亡くなって、悲しいでしょう」

「そうね。大統領のことを思い出すわ」

「どんなことを?」

そして私は彼女に話しました。

離婚から四年が経ち、私は五十歳になったところでした。K・Cは最近離婚したところで、私たちはそれまでたびたびセントラルパークを一緒に散歩し、夕食をともにしていました。私たちのおしゃべりは、マンハッタンに住む独身女性共通の話題――仕事、家族、そしてもちろん男性について、すべて網羅していました。その夜、プールで泳いだことから、スクランブルエッグを作ったこと、旅行に行ったこと、ホワイトハウスに泊まったことまで、私の秘密について話すのはとても自然で快適なことでした。最初、彼女は茫然としていましたが、それから我に返り、もっと詳しく話すようにせがみました。彼女は特にどうやって、どこで、いつ計画を実行したのかに関心を示しました。ファーストレディにはどう対処したのか、シークレットサービスはどういう役目を果たしたのかなどについてです。私は二時間しゃべり続けました。私の中には間違いなく、こんなに詳しく明らかにすることは間違っているという恐怖心が残っていました（三十年間、秘密を守ることで身についた癖はなかなか直らないものなのです）。しかし、K・Cは些細な点や私の描く大統領像に非常に興味を抱いていたので、すべてを打ち明けたほうが真っ当なことに感じられました。

話し終わると、K・Cは、彼女に秘密を打ち明けたこと、そして「誰にも話さないという重責を背負った」ことを名誉に思うと言いました。

彼女はわかっていました。私が何年もの間、背負っていた重荷のことも理解していました。人の行動や思考の大部分は、他の人に理解してもらいたいという欲求によって動かされているのです。秘密を彼女に打ち明けることで、私はついにそれを理解したのでした。

私が秘密について話した最後の人は私の上司で、五番街長老派教会のトーマス・K・テウェル主任牧師でした。彼は信者の懺悔《ざんげ》を聞くための訓練を受けた専門家です。非常に賢い人で、私は彼をとても崇拝していました。そして彼は気兼ねなくトムと呼べる友達でもありました。

それは二〇〇〇年のことでした。クリントン大統領の任期の最後の一年で、モニカ・ルインスキーのスキャンダルが発覚してから二年が経っていました。すでに私は教会で五年働き、説教を音声にする仕事をしていました。教会で行われる公式の活動の音声テープとビデオを製作して販売していたのです。

五番街長老派教会は郊外の脇道に立っているような白い尖った屋根の質素な礼拝所ではありませんでした。マンハッタンの最もにぎやかな一角にあるセント・パトリック大聖堂から五ブロック北に行ったところにある、褐色砂岩を使った大建築物でした。

トムは話し手として天賦の才能を持っていました。日曜日の説教は教会の信者だけでなく、通りがかりの人も含めた数多くの聴衆の心に訴えるような内容にしていました。

二月十三日の説教は十戒に対する彼の考えの一部分についてで、第七戒「姦淫をしてはならぬ」に焦点を当てていました。説教のタイトル「セックスは十二文字の言葉である」は確実に聴衆の興味を掴《つか》んでいました。

その日曜日の朝、一階の信者席も二階の張り出し席も満席で、立ち見席しか残っていませんでした。私は録音機器をセットすると、信者席に座りました。そうすることはめったにありませんでしたが、この説教を生で聞きたいと思ったのです（十二文字の言葉にも興味がありました）。それは誠実——faithfulness——でした。神の意図に従って誠実な人生を追求したいのであれば、三つの原則に注意を払わなくてはいけない、というのがトムの説教の主題でした。人間の性的関心は神からの神聖な贈り物であり、十分に配慮してその関心を働かせねばならないというのが一つ目の原則でした。セックスはゲームではないのです。二つ目は神は堅物ではないということでした。神は私たちから喜びを取り上げることは望んでいません。しかし乱交は関係を壊します。常に誰かを傷つけるのです。そして三つ目は、人間の欲望の中で最も強いのは、親密さに対するものだということです。親密さのないセックスは誠実ではありません。

この原則に反論するのは難しく、さらにトムはこれを裏打ちするためにいくつかのエピソードを話しました。その話の一部は面白く、そして一部は心をかき乱しました。その中の一つに私は強いショックを受けました。「セックスは一面記事になります。私たちはそういうスキャンダラスな記事に攻撃されています。私たちはその人たちの名前を知り、彼らの話も知っています。議員、判事、スポーツ選手やエンターテイナー、牧師、そしてアメリカ大統領にさえそういう話があります。今の大統領だけではなく、歴代の大統領の中にも奥さん以外の女性と関係を持っていた話があるのです」

よい説教は真実を明らかにします。さらにすばらしい説教はそれを予期せずやってのけるのです。この説教は私を驚かせました。初めはトムが私に直接話しているのだと思いました。しかし彼は主にクリントン大統領とモニカ・ルインスキーの情事について話し、それが一人二人ではなく、多くの人をどう傷つけたかを強調しました。

私はこれまでにないほど自分を意識して信者席に座っていました。トムがスポットライトをつけ、力強い光を私に当てているように感じました。

信者席に座り、大統領の性生活に関するトムの話を聞き、それを自分の過去に結びつけながら、私は偶然に圧倒されていました。

そのとき、自分が礼拝後にトムを探し、彼に自分の話をするだろうということを悟りました。私には重荷を完全に下ろすことが必要でした。その日、彼は私の様子が変なのを感じ取り、教会の時計台を見渡せる七階の彼の広いオフィスで話をする時間を作ってくれました。

私は彼の説教に身をつまされたことから話し始めました。

おそらく私は彼に、かつてのことが乱交の罪に当たらないと言ってもらう必要があったのでしょう。親密さを探し求めていたのに、なぜ見つけるのに失敗したのか、点と点を結んで全貌《ぜんぼう》を明らかにしてもらうことを求めていたのでしょう。そしてただ単純に、教会公認の霊的な権威に、私に問題がなく、自分を許してもよいと言ってもらうことを欲していたのでしょう。

トムは私を失望させませんでした。私の物語に驚いていましたが、唖然とはしませんでした。何年もの間、彼はたくさんのもっとつらい話を聞いてきたのです。彼は私の不快感を取り除き、お祈りをすることでそれを神に捧げてくれました。そして私が人生のこの部分について解決しようとしているときには常に、神の愛と導きに包まれているようにと祈ってくれました。

私は自分が誰かに秘密を話すたびに、一歩ずつ精神的な健康を取り戻していきました。

ジョアン・エリスに話したときには、トニーとの約束を破っても世界は崩壊しないということを知りました。

ケネディ大統領との関係を直感で知った妹のデヴのときには、自分が過去の与える衝撃を大きく見積もりすぎ、人が私に負わせるであろう不名誉を大げさに考えすぎていたかもしれないと気づきました。少なくとも妹は秘密の中に恥ずべきものを見いだしませんでした。

マーニーに話したときには、一九六三年当時の私――アメリカ大統領を魅了するほど生き生きとしていて魅力にあふれた少女時代を鮮やかに思い出しました。私は文字通り、その若い女性を自分の中から閉め出し、忘れ去っていたのです。

K・C・ハイランドに話したとき、私は人の理解を得ました。

そしてトム・テウェル牧師に話したときには慰めと平穏、そして許しの意識まで受け取りました。彼は正確にはこう言ってくれました。「あなたは今ここで回復したのです。そしてこれからもそれは続くでしょう」

ケネディ大統領の死から初めて、私は神の愛と平穏を享受しました。なぜそれがこのときに起きたのか、私はその理由を説明できません。セラピストであり、家族の間で秘密が及ぼす影響力に関する研究の権威であるエヴァン・インバーブラック医師の話が最もよい説明です。ケネディ大統領についての秘密は、私とトニーとの結婚の中で最も大切なものだったと彼女は言いました。

そのことを話さないと同意したことで、秘密は私たちの連帯関係を形作りました。それは単純な力でした。つまり私たちはその秘密について話すことができないため、それにつながる可能性のあることは何も話題にすることができなくなったのです。この沈黙は私たちの結婚生活に入り込み、大きくなり、決して姿を消しません。四十年近く経ち、誰に対しても恐れがなくなった今、私は沈黙を破りました。そしてそれが回復を示す行為であることを理解したのです。

これが私の感じた平穏に対する一番いい説明でしょう。私の秘密はもうすでにおおごとではないのです。私はその苦しみから抜け出しました。秘密は私という人間の一部ではありますが、私を決定づけるものではありません。そしてテウェル牧師と話し、秘密の束縛から解かれました。重荷は取り除かれただけではなく、捨て去られたのです。

詩人のキム・ローゼンはこう書いています。「かつて逃げていたものを、喜んで受け入れたとき、あなたの人生はもはやそれを避けようとすることで形作られるものではない」

私はこの詩人の言葉がわかります。私の秘密は埋められたものではありません。もう秘密ではないのです。それは単に過去に起きた事実でしかないのです。

第十四章

私が感じた安らぎは、その三年後、ニューヨークのデイリーニューズによって厳しい試練を受けることになりました。

私が自分に関して幻想を抱いていないことを人々に信じてもらいたいと願っています。私は、自分のことを歴史における隠された重要な存在とは考えていません。歴史の脚注であると解釈しています。いいえ、脚注ですらありません。歴史の中の一連の出来事において、私が何の役割も果たしていないからです。せいぜいアメリカの三十五代大統領の物語の脚注の脚注、つけ足しのような存在です。人のアンテナになかなか引っかからないため、熱意のある伝記作家がケネディ大統領の自伝を書こうとしても、その作品の中に私の存在をフルネームで特定できないでしょう。

しかしそれは五月十三日の火曜日に変わりました。デイリーニューズが「ホワイトハウスでミミとかくれんぼ」という簡単な記事を先行して出し、ケネディ大統領とインターンの情事に、「ミミ」という名前を与えてしまったのです。

その記事には、私に関連する具体的な情報は書かれていませんでしたが、私は彼らがだんだん真実に迫っているのを感じ取りました。以前であれば、私はパニックを起こし、取り乱して混乱状態に陥ったでしょう。しかしこのときの私の心配は、娘たちに影響が及ぶことだけでした。娘たちはそのとき三十代で、結婚して子どももいました。ですからニュースからではなく、私から直接、真実を伝えたかったのです。

私は「ミミ」の物語が表に出たときに、テウェル牧師と話をしました。彼は親切にリサとジェニーに会いにいく費用を出すと言ってくれました。リサはヴァージニアに、ジェニーはサンフランシスコに住んでいたのです。しかし私はそこまで行って話す時間はないと思いました。デイリーニューズはすでに私のファーストネームを突き止めていたのです。私を見つけるまで、長くはかからないでしょう。

その日遅く、私は娘たちに電話をかけました。言葉につまりながらも、頭の中で注意深く書き上げた台本にそってはっきりとこう話しました。一九六二年にワシントンでインターンとして働いていたとき、私はケネディ大統領と不倫関係にあったのよ。関係は十八か月近く続いたの。もちろん、このことをあなたたちのお父さんにも話したわ。でも私と彼は一九六三年十一月二十二日以降、これについては決して話をしなかったの。

娘たちの返事は、これからもずっと私にとって大切なものであり続けるでしょう。

リサは言いました。「お母さんが十九歳で、自分のお母さんにすら、そのことを話せなかったなんて信じられないわ」

彼女はすぐに当時の私を想像したのです。若くてうぶで、傷つきやすく、そして秘密を持ったことで周囲から、そして両親からも孤立していた私を。

ジェニーはこう尋ねました。「どうしてそんなに長い間、本当のことを隠しておいたの？」彼女は私が背負っていた重荷をすぐに理解しました。

娘たちと真実を共有したことで、私の心配はなくなりました。

翌日、私は仕事に行きました。最初は何も起きませんでした。いつもと違う電話やメール、伝言もありませんでした。お昼頃、テウェル牧師が私に、数日間教会を離れるから、次席の牧師であるジャニス・スミス・アモンに私の様子に気をつけて、必要があれば助けてあげるように頼んであると話してくれました。その日の午後、ジャニスと私は楽しげな話をしました。この出来事が私の中にある何かを解放し、想像できないような方法で人生をいいほうに変えてくれるだろうと考えたのです。

報道陣に追いかけられるという想像はうれしくありませんでしたが（そう思う人がいるでしょうか？）、真実を話すことが私の唯一の選択肢ではなく、私の救済になる可能性があるということがわかっていました。

教会の一階にある自分のオフィスに戻ると、ドアの前でデイリーニューズの女性記者が待っていました。彼女は単刀直入に、私が前日のデイリーニューズの記事で触れられていたミミかどうか尋ねました。

「はい、そうです」と私は答えました。

彼女をオフィスの隣にある教会の信者席に招き入れ、私のお気に入りの九列目の席に案内しました。その広くて静まり返った空間に座っているとき、私の心は平穏でした。彼女は基本的な事実を確認しました。年齢や職業、結婚しているかどうか、ミス・ポーターズ校を卒業した年は？

私はそれに静かに答えてから、彼女に引き取ってくれるように頼みました。新聞に掲載する写真を撮ってもいいかと彼女は尋ねました。私は礼儀正しく断りました。

その日の残りの時間は、報道陣と滑稽なタンゴを踊るように過ごしました。ジャニスは、私の写真を撮ってくるように命令されたデイリーニューズのカメラマンが、五十五番街に面した教会の通用口の周りでうろうろしていると警告してくれました。そのため二人でごそごそと鍵を探し、誰も待ち構えていない五番街に面した巨大な正門を開けて外に出ました。私たちは手をつなぎ、階段を降りるとマジソン街に走って向かい、バスに乗りました。その馬鹿馬鹿しさに思わず笑ってしまいました。

九十番街にある私のアパートの建物にはナショナル・エンクワイアラーの厚かましいレポーターが入り込んでいました。彼は七階まで上がり、私の部屋のドアをノックするという無駄な努力をしていました。彼が下りてきたエレベーターに、私とジャニスが乗り込んだのです。彼が私たちの正体に気づく前にエレベーターのドアが閉まったので、無事に自分の部屋までたどり着くことができました。私はアパートの管理人に電話をかけ、レポーターを建物の外に連れ出してもらいました。部屋では電話がひっきりなしに鳴り始めました。私は電話には出ないで、留守番電話に応答させておきました。そして内心、噂はこんなにも早く広まるものだと驚きました。

テウェル牧師は、アパートの建物で記者会見を開かないのなら――もちろん、そんなことはしたくはありません――このニュースが公表されたときマスコミを寄せ付けないようにするために発表する声明を用意しておくべきだと忠告してくれました。私はその声明文を書き、その日の夜、テウェル牧師と娘たちと一緒に推敲《すいこう》しました。

「私は一九六二年六月から一九六三年十一月までケネディ大統領と性的な関係を持っていました。

そして過去四十一年間、私はこのことを話しませんでした。でも近頃のマスコミ報道を考慮して、私はこの関係について子どもたち、そして家族と話し合いました。家族は完全に私を応援してくれています」

私はこれが短く堂々としていて、獣のような報道陣たちに餌として与えるのに十分な、具体的な情報が含まれているとさえ思いました。テウェル牧師は「性的な関係」より「不倫関係」のほうがいいと言いましたが、私は曖昧《あいまい》な部分があるのはいやでした。さらなる質問を導き出すことにしかならないからです。もし報道陣に取り囲まれたら、私はその声明文を彼らに渡し、それで終わりにするつもりでした。

翌日、五月十五日木曜日の朝、私はオンライン版のデイリーニューズを確認しました。そこには一面に見出しが出ていました。「ケネディ大統領のインターン、すべてを認める」「シティ島の教会で働く六十歳の女性、〝私があのミミです〟と口を開く」

「あのミミ」という奇妙な言い回しは、まるで私が邪悪なエイリアンのように聞こえて面白いと思いました。アパートの管理人に電話をかけると、彼はレポーターの群れが通りで私のことを待ち構えていて、その中にはCNNの取材陣もいると教えてくれました。ジャニスがアパートにやってきて一緒に職場まで行ってくれる予定です。私たちはアパートの建物から出ると報道陣に声明文を渡し、待たせておいたタクシーに飛び乗りました。車が走り去るとき、例の女性記者が私が座っているほうの窓を覗き込みました。彼女は口の動きだけで「ごめんなさい」と言っていました。しかし彼女は何も謝るようなことはしていません。彼女が書いたことは間違っていません。そして私の無理を聞いてくれたと感謝したほどです。

教会に行くと、報道陣の馬鹿げた行動はさらにひどくなっていました。電話が鳴り、記者は出勤してきた同僚たちを相手に私に関する細かい情報をしつこく聞いて悩ませていました。家に帰りブラインドを閉めてこの嵐を乗り切るべきだと、同僚みんなが勧めてくれました。

私はそうすることにしました。必要な限り自宅に自分を監禁して過ごすことを誓いました。

私は家族や友人からたくさんの手紙とメールを受け取りました。このようなメッセージをコンピュータの画面で読むと、彼らに支えられていると感じずにはいられませんでした。「デイリーニューズのあなたの記事を読んで涙が出たわ。あなたの正直さと勇気、そして一番大きいのはあなたの自信のせいよ。あなたは信じられない強さを持ったすばらしい人だわ。私はあなたの友達であることを誇りに思う。あなたのことが大好きよ」

世界中のマスコミから、テレビ番組でインタビューしたいというメッセージが留守番電話に入り、手紙が直接届き続けました。

私はどんなメッセージや手紙にも返事をしませんでした。ケイティ・クーリックやダイアン・

ソウヤーからのリクエストに対しても答えませんでした。「静かにしていること。平穏にしていること。今の状態をコントロールしているのは私」という自分の心の声を信用していました。

五日経つと、記者たちは私のアパートの下の通りから姿を消し、セントラルパークをランニングしても自分で食料品を買いに出かけても大丈夫でした。報道陣からのリクエストは少なくなり、ぽつりぽつりぽつりとしか来なくなりました。そして完全に途絶えました。しばらくして私は仕事に戻り、以前のように働き始めました。私は生き延びたのです。

自宅監禁状態は私の感情や自尊心を守り精神状態を冷静に保ち、「真実は隠さずに自分のプライバシーと尊厳は守ろう」という決心には、いい方向に働きかけました。秘密を明らかにしても、自分がまったく揺らいでいないのです。何年もの間、恐れていた出来事に冷静に対応できたのは、それまでの苦労があったからです。でもタブロイドの見出しの種になると、人生は一晩で変わってしまいます。しかも夢にも思わなかった方向に変わろうとしていました。私はリチャード・アルフォードという名前の男性から、一通の手紙を受け取りました。その名前にぼんやりと聞き覚えはありましたが、まったく思い出せません。彼はデイリーニューズの一面で私の記事を読んで、連絡を取ってきました。手紙にこう書いてありました。

親愛なるミミ

あなたはとても賢いので、あの的を射た簡潔な声明文がいろいろな場所で報じられることを予想していたと思います。私は友人として、あなたが声明文を守り、この嵐をうまく切り抜けてくれることを望んでいます。あらゆる人が本を書くことや、テレビ（ラリー・キングやバーバラ・ウォルターズの番組）やテレビ映画に出演することを提案してくるであろうことは言うまでもないでしょう。大金の話が持ち出されるはずなので、あなたがお金を必要としていないことを祈ります。数百万ドル単位の話になるでしょう。友達として、あなたが信念を貫いてくれることを祈っています。

私はこの七年半をインドと東京で過ごしてきました。インドではＩＭＧ（世界的なスポーツマネジメント会社）の事務所を設立し、この二国の事務所を運営しています。ＩＭＧの創立者であるマーク・マコーミックは上司であり、私の友人でしたが、この四か月間昏睡《こんすい》状態が続き、数時間前に亡くなりました。とてもつらいことです。私は九十一番街とマジソン街の角に住んでいます。この騒ぎが完全に落ち着いたら（騒ぎはいつでも落ち着くものです）、ぜひあなたにお会いしたいと思います。もしご質問があれば、信頼に値するアドバイスを無料でして差し上げますよ。自宅に電話をください。私は事務所にはあまり行かないんです。

それでは、お元気で。幸運を祈っています。

ディックより

私はこの手紙に返事をしませんでした。しかし彼の言葉はいくつかの点で、他の人とはまったく違う印象を与えました。今後私に提案されるであろう申し出とその金額の大きさについて、賢明な忠告をしてくれたのをありがたいと思いました。しかし反面、そのような個人的なアドバイスを人のことを勝手に「友人」と呼ぶような、見ず知らずの人から受け取るのはおかしなことだと感じたのです。私がこの男性を知らないのに、どうして彼は私を知っていると言えるのでしょう？　私はこれを他の手紙と一緒にファイルしておきました。

このニュースが報道される一週間前に私は六十歳になりました。当時、私は独身でマンハッタンで十三年間、一人暮らしをしていました。その大半を、一人の男性と結局は何の実りももたらさない関係を断続的に続けていました。何の実りもないと言ったのは、彼が私の望んでいるような男性ではなかったからです。興味を分かち合い、彼のことを理解し、それを深め、人生を永遠に共有できるような男性ではありませんでした。まるで私たちが時が経つのに気づいていないかのようにこの関係は何年も続いていました。その大部分は惰性によってでした。私たちの関係は二〇〇二年に自然消滅しました。私は悲しくもなく、失望することもありませんでした。私は多くの時間を無駄にし、この関係について感じていたことを無視した自分を叱りつけました。私はもう若くはないのです。

しかし私は希望を捨てませんでした。私はみんなが求めるものを欲していました。愛し、愛されることです。


その三か月後の八月の暑い土曜日の午後、私は自分の家のリビングルームで本を読んでいました。ニューヨーク市の八月は、残りの十一か月とまったく違いました。歩道まで溶かしてしまいそうな熱の中、街は輝いていました。そういう日には、結婚してコネチカット州にいる友達をよく訪ねましたが、その週末は家で過ごすつもりでした。一人の時間は心を癒す力を持っています。私は何年も前から、昔ながらのメモ帳をお気に入りの椅子の横に起き、考えたことややるべきことのリストを書きなぐっていました。そのリストは延々と続きました。秋はすぐそこでした。何をしたかったの？　自分の人生がどう展開すると考えていたのかしら？　目標は何だったの？

その土曜日の午後、そんなことを考えていました。まるで声が聞こえるかのように考えが頭に浮かんできたときに、メモ帳に手を伸ばしそれを書き留め始めました。おそらく、家に一人でいたことで、デイリーニューズの記事の後に強いられた孤独を思い出したのでしょう。そして、たぶん私は自分がすべてにうまく対処している、という自信を取り戻したかったのです。私は戸棚のファイルをしまってある引き出しに引き寄せられました。そして五月に起きたことに関連するものを綴じておいたファイルを取り出しました。そこにはディック・アルフォードからの手紙が入っていました。

私は机の前に座り、彼に手紙を書きました。十日後、彼からの返事が届きました。彼は九月中旬に二週間の旅行から戻るので、そのときに電話をすると言っていました。その後電話で話したとき、ディックは自分が一緒に食事をするリスクに十分見合う面白い人間だと私を説き伏せたのです。

私たちは互いのアパートのちょうど真ん中の、近所のレストランで会って夕食を食べました。彼は私を知っていると言い張りましたが、私は彼に覚えがありませんでした。彼の第一印象はいいものでした。彼は私と同じくらいの身長で、彫刻のような顔だちでした。目は銀色がかった青で、大学教授のような濃い眉毛をしていました。髪は真っ白でしたが精力的で、足取りは運動選手のように弾んでいました。おまけにレストランに入るとき、彼はドアを私のために押さえてくれました。これはどんなときであってもいい兆候です。

私たちは世間話から始めました。そして家が二ブロックしか離れていないことに驚き、通りやＡＴＭ、食料品店で互いに気がついたことがないことにさらにびっくりしました。ディックは、過去八年間、仕事のためにインドと日本に住んでいて、ニューヨークには休暇のときしか戻っていなかったと話しました。しかし彼は再びここで暮らすようになっていました。彼は三十年近く前に離婚していて、成人した二人の子どもがいました。そして私たちには共通の友人と趣味がたくさんあることもわかりました。二人ともマラソン走者であり、ニューヨークとこの国を愛していました。そしてセントラルパークを市民の聖域と考えていました。

共通点はこれだけではありませんでした。ディックは前夫トニーと同じウィリアムズ大学とハーバード・ビジネススクールを卒業し、その後すぐにモルガン・ギャランティに就職していました。ディックはトニーと同じクラスになったことはなく、親しい友達でもありませんでしたが、彼を知っていました。そして一九七〇年代半ばに、私たち夫婦をアッパーイーストサイドで開かれたパーティで見かけたことを覚えていました。彼はスポーツマーケティングの分野で長く仕事をしていて、何年か、ニューヨーク・シティ・マラソンとフィフスアベニューマイルというレースに企業スポンサーを集める仕事をしていました。そのため彼は一九八〇年代の初めにニューヨーク・ランナーズ・クラブの事務所で働いていた私に会っていたのです。彼と会ったことを思い出す努力は無駄に終わりましたが、彼はそのことは気にしていないようでした。逆に彼が私を覚えていたことをうれしく思いました。

そしてある偶然により、私はもっとディックに親しみを感じました。ある小さな偶然が五月に起きていたことを思い出したのです。ディックは四十年来の友人で上司のマーク・マコーマックが亡くなった日に私宛の短い手紙を書きました。ディックの顔は思い出さなかったとしても、彼の上司の名前だけは少なくとも記憶に残りました。彼の手紙を受け取ってから一週間後、「自宅監禁」が明けて初めて仕事に行ったときのことです。テウェル牧師が教会でその日の朝の遅い時間に行われる告別式の録音について相談するために、私のオフィスにやってきたのでした。それはとても人目を引く式でした。アーノルド・パーマーやジャン・クロード・キリーなど私の世代にとっては著名なスポーツ選手が弔辞を述べ、偉大なソプラノ歌手のレネー・フレミングがシューベルトのアヴェ・マリアを歌う予定だったからです。それがディックの上司の告別式だったのです。私が録音をチェックしている間、ディックは教会にいたに違いありません。

もちろんそれはほんのささやかな、しかし意味のある偶然の一致でした。その日が最初で最後の夕食にはならないだろうと確信するには十分でした。

私たちはすぐに週に二、三回会うようになりました。セントラルパークで疲れるまで話し続け、レースの思い出を語り合いました。私たちは互いに知らないまま、同じレースに出場していました。彼は一九七〇年代に離婚してシングルファーザーになり、二人の幼い子どもをデラウェアで育てていたことを話してくれました。週末には彼は子どもたちを連れてニューヨークに戻り、公園で何時間も一緒に過ごしていました。彼は公園の北端にある岩に私を案内してくれました。彼は、そこで子どもたちにロッククライミングを教えたそうです。彼は子どもたち——一人はまだおむつをしていました——の世話をすべて一人でしていたこと、自分がうまくこなせていないことに不安を感じつつも、やがてきちんとできるようになったことを回想しました。私の目に映っていたのは、繊細で、責任感のある愛情あふれる男性で、私はそういう彼が好きでした。彼は自分自身のすべてを話しているようでしたが、同時にあまり強引に接しすぎないように気をつけていました。

ある夜、ディックは鍋やフライパン、スパイスを含め材料を全部持って私の部屋にやってきて夕食を作ってくれました。料理をする男性はいいものだと私は思っていました。実際は「いいもの」よりもさらにいい、すてきなものでした。

私たちはこれだけ長い時間を一緒に過ごしていましたが、これは結婚を前提としためまぐるしい交際ではありませんでした。私たちは注意深く礼儀正しく、おそらく冷淡ですらありました。九か月間、デートを続けた後、ディックがマサチューセッツ州のバークシャーにあるアルフォード（これは単なる偶然で、ディックの名前とは関連はありません）という小さな街に持っているカントリーハウスに招待してくれました。二〇〇四年五月初めのその週末のために、ディックは自分の愛する場所で私にすばらしい時間を経験させようと壮大な準備をしていました。その週末は私の六十一歳の誕生日だったのです。彼は風景、イベント、店、食事、ワイン、そして夜に観るビデオに至るまで、すべてを綿密に計画していました。ところが二日目には、私は疲れだけでなく苦痛を感じていました、彼は私を驚かせることに夢中になるあまり、私がどう感じているのかを忘れているような気がしました。私たちはつながっていませんでした。週末にすることのリストを一つ一つこなしてはいましたが、一番単純な、精神的で肉体的な接触を分かち合ってはいませんでした。それこそが私が最も求めているものでした。他のものは「あればいい」ものであり、「なくてはならない」ものではありません。

朝食を食べながら、私は自分の不安について説明しました。

私はディックの反応に驚きました。彼はただ声を荒らげただけではありませんでした。怒り、顔は赤くなり、彼のしたすべての努力に私が感謝していないことを延々と激しく非難しました。そして私が後ろ向きであるとあざ笑いました。

このような激しい怒りといじめには、結婚生活で慣れていました。でも今回は我慢しませんでした。私は人との関係において、自分が求めるものについて妥協するぐらいなら、一人になりたいと思っています。私はかつて間違いを犯し、そこからそう学びました。このとき、私は単純にその過ちを繰り返さなかっただけなのです。

私はさっさと荷造りをして次の列車で家に帰りました。私はニューヨークまで身動きせずにじっと座り、ときにまっすぐに前を見つめ、ときに泣いていました。ありがたいことにまだ朝の早い時間だったため車両は空っぽで、私のすすり泣きを耐えなくてはならない乗客はいませんでした。

私は、ディックとの関係は終わったと確信していました。しかし、彼は一週間後に連絡してきました。彼から電話があったことで、私は手紙を書かなくてはいけないと思いました。「私たちの関係がうまく行かなかったことを残念に思います」という便利な文句を使った手紙を書きましたが、私はそれを捨て、あの週末に何が欠けていたのかを説明しました。簡単なことでした。楽しい時間を過ごしていましたが、ディックは私から離れたところですべてを動かしていました。最も基本的なこととして、私と一緒にいることをどう感じているか、彼から聞く必要があったのです。彼はそれを言葉や態度で伝えられたはずです。でも彼はそうしませんでした。それが私を苦しめました。そういう類の関係には私はうんざりしていました。

彼は私の手紙を読み、もう一度電話をしてきました。健全な関係というものを私がどう定義づけているのかきちんと知りたいと言い張りました。私の求めたような感覚的な事柄は彼にとってはまったく未知のものでしたが、うまくできるようになりたいと望んでいました。私たちは八十七番街とレキシントン街の角にあるスターバックスで話すことにしました。私が到着すると、彼はもう窓際の席に座っていました。私は彼にすごく会いたいと思っていましたが、同時にとても警戒していました。彼を抱きしめたりキスをしたりせずに、私は席に座りました。そしてもう一度、一緒にいるときに私が彼に何を期待しているか説明しました。自分が精神的にも肉体的にも愛情を必要としていること、また相手に対して、シンプルで愛にあふれた自然な関心を持つことは、強くて親密なパートナー関係にはなくてはならないものだと考えていることを話しました。私は彼にそれを与えることができます。そして私は彼もそれを与えてくれることを望んでいました。もう一つ、何よりも、私は彼が正直でいてくれることを期待していました。でもそれは彼があらゆることを私と共有しなくてはいけないということではありません。単純に一緒にいるときに秘密は持たないということです。過去において、私は勘違いから、自分の全人生をかけて秘密を育ててきました。そしてその秘密は私の心の扉を一つ一つ閉ざしていったのです。私は二度とこの過ちを犯すつもりはありませんでした。

ディックの苦悩に満ちた表情から、彼が私の説明と格闘しているのがわかりました。彼は、それまで誰からもこういうことを話されたことがないと言いました。でも私は彼の様子に、元気づけられもしました。格闘しているということは話を聞いているということです。

私たちは、また会う約束はせずに別れました。私は自分の言ったことを反芻し、自分が主導権を握れたこと、男性との関係について自分の言葉で主張できたことに満足しながら、アパートに帰るため北に向かって歩きました。

ディックはマンハッタンの反対側で開かれる夏至のパーティに出席するために、八十六番街から地下鉄に乗り南に向かいました。それから彼は驚くべき行動に出ました。次の駅で彼は地下鉄を降り、階段を駆け上がってペンを買いに走ったのです。彼は、私の話をすべて忘れないように書き留めておきたいと思ったのですが、ペンを持っていなかったのです。

私はアパートに向かって歩いている間に、そのことを感じ取っていたのだと思います。私は、ついに私が必要としているものを軽く見ない男性に出会ったのです。彼は自分を変えてみようと思うことによって、私の求めているものを尊重してくれたのです。

それからすぐに、私たちは再び会いました。私たちが互いの中に「運命の人」を見つけたことに気がつく電撃的な瞬間があるとするならば、それは九十番街と五番街の角にある公園のベンチに座っていたときに違いありません。私たちはニューヨーク・ロード・ランナーズ・クラブの創設者で、かつての私の上司である、今は亡きフレッド・ルボーの像の下に座っていました。二人ともフレッドを知っていました。フレッドの像はランナー姿で、時計を見て時間を測っていました。あたかも私たちに「もうそろそろ時間だ」と告げているかのように。

二〇〇五年十月二日、私とディックはマサチューセッツのアルフォードで結婚しました。私は六十三歳、彼は六十七歳でした。私たちはニューヨークのアパートを引き払い、今は引退してアルフォードの地方にある小さな家に住んでいます。私たちは一緒に散歩やサイクリングをしたり、料理やガーデニングを楽しんだり、娯楽や旅行、たくさんの家族と友人を共有しています。そしてますます高まる愛に満たされた人生を分かち合っています。

私たちの結婚生活は、私が「ありふれた冒険」と呼んでいるようなものです。私たちは毎日同じ生活の儀式を行い、それを明るく楽しいものにする方法を身につけています。

決まった収入で暮らすという単純で必要なことですら、明るいものになる瞬間があります。私たちが「金曜日」と呼んでいる儀式があります。私とディックはその日、前の週に使ったすべてのお金を見直します。ガソリン代二十六ドルから、映画館でマチネの上映を見るのに使った十ドル五十セント、保険料の三百七ドル二十五セントまで、すべて合計し二分します。そして、収支を合わせるために、その週、より気前がよかった人に払い戻すのです。私たちのどちらかが自分しか必要としないものや自分一人で楽しんだものをマーカーで塗り、その分を合計から引くこともありました。小さな行為でしたが、これは家計の予算について話し合うときですら、お互いに贈り物を与える方法を見つけられることを気づかせてくれました。

もうディックに対して、私との関係においてどう行動してほしいかを指摘する必要はありませんでした。彼は素直になれる心地よい瞬間を頻繁に私に与えてくれました。ある朝、彼は二人の朝食を作ろうと、新しいフライパンの中にベーコンを滑りこませました。私は彼に火が強すぎると注意しました。

彼は静かに振り向いて言いました。「ミミ、ときどきは失敗をしてみることも必要なんじゃないかい」

もちろん正しいのは彼でした。

またこんなこともありました。それも朝食のときでした。私たちは結婚二年目でしたが、ディックは私の目を見つめ、砂漠のように乾いた無表情な声で言いました。「ミミ、君と結婚したとき、僕は完璧な女性を勝ちとったと思ったんだ。でも数年間一緒に暮らしてみて、君にはたくさんの問題と欠点があることに気がついた」

私は同じように返さなくてはなりませんでした。私はディックの手を取って言いました。「あなたが何を言っているのかわかるわ。初めて会ったとき、私はあなたが根の深い問題を抱えていると思ったの。私には私たちがうまく行くかわからなかったわ。しばらく一緒にいてみたけれど、認めざるを得ないわ。あなたは完璧よ！」

私たちは笑いました。私たちは二人とも完璧ではありません。でも相性は完璧でした。

自分が、夫と結婚についてしゃべりすぎていることは自分でもわかっています。でも、幸福の探し方や獲得するための戦い方を知っていたとしても、私たちがどのように、思いもかけずに幸せを見つけたのかを示す実例としてお話ししているのです。私は私を愛してくれる男性に出会っただけではありません。私は、自分自身を理解するよう私を導いてくれる男性に出会ったのです。

私は自分が幸せだとわかっていました。しかしさらに驚くことに、私が自分の中に感じていた前向きな気持ちは外にも表れるのです。それを一番はっきり目にしていたのは妹のデヴでした。ディックと私は、デヴと彼女の夫のペリーと一緒に、シアトルのベインブリッジ島をドライブしていました。車内は心地よい雰囲気とたわいのない笑いに満ちていました。私たちがすばらしい時間を過ごしているとき、デヴが大きな声で言いました。「ディック、あなたがここと一緒にいるのはとってもいいことよ。あなたたち二人と過ごすのは本当に楽しいわ。あなたはあのコインに値するわね」

私は彼女が何を言っているのかわかりませんでした。「何のコイン?」、私は尋ねました。デヴは説明してくれました。一九九〇年代の終わり頃、私がニューヨークからデヴの携帯電話に連絡をしたときのことです。そのときデヴはカリフォルニア北部で車を走らせていました。私たちは西海岸と東海岸に離れていましたが、よく電話で話をし、その会話は私をいつでも元気づけてくれました。このとき、私は自分が本当に幸せになれるのだろうかと考え、いつも以上に目に涙を浮かべて悲しんでいました。デヴはゆっくり話ができるように、道路から降り砂を敷き詰めた駐車場に車を入れました。電話を切った後、彼女は車の外に出て脚を伸ばしました。そして、ケネディ大統領の顔が刻まれた硬貨が落ちているのを見つけたのです。その五十セント硬貨は太陽の光を反射してきらめいていました。彼女はそれを拾い上げ、独り言を言いました。「このコインをとっておいて、お姉さんを幸せにしてくれる男の人にあげよう」

「冗談でしょ」、私は言いました。「そんなことを言ったことなかったじゃない」

シアトルから帰ってきて二日後、ディック宛に包みが届きました。ハート形の小さい箱で中にはケネディ大統領の五十セント硬貨が入っていました。デヴの短い手紙にはこう書いてありました。「親愛なるディック。約束した通り同封します。ミミを幸せにしてくれてありがとう」

私は今ではめったにケネディ大統領について考えることはありません。しかしそれは誰かに命令されたからではなく、自分でそう選んだからです。それでも、いまだに彼の写真を見ると目に涙が浮かんできます。彼のことを語るとき、声がつまることもあります。大統領と過ごした時間の記憶が、彼の死の映像と亡くなった日に私が経験した精神的なトラウマと混ざりあい、私は瞬時に十九歳の女性に戻ってしまいます。それはおそらく今後も変わらないでしょう。

私はその若い女性に話をしたいと思います。しかし自分に何か核心をつくようなことが話せるか、できたとしても彼女が私の言うことなど聞くかどうか自信がありません。ケネディ大統領に関する秘密にどう対処したらいいのか、彼女自身の物語の主導権をどう握るのか、自分が適切に彼女にアドバイスできるのか確信が持てません。それを友達や家族に明かすことが、彼女の人生を変え、結婚を守ってくれるのか、彼女を感情的な殻から自由にし、途切れることのない満足感を与えてくれるのかどうかもわかりません。秘密を明かすことは人生の針路を変えたかもしれませんし、変えなかったかもしれないのです。

私はいつも混乱と疑いの長い年月に、それだけの価値があったのだろうかと悩んでいます。その問いに、私ははっきりと「イエス」と答えることしかできません。その年月が今の私を作ったからです。幸運に恵まれれば、私たちは自分の過ちの中から学び、より賢く強い人間として、さらに幸運に恵まれれば、より幸せな人間になることができるのです。

私はコーヒーを前に、自分が二人の関係の中に求めるものについてディックに説明した、あの重要な瞬間を振り返ります。一番はっきりと覚えているのは、彼が集中して私の話を聞いていたことです。誰かがあなたの話を聞いてくれているとき、その人は意識していないでしょうが、あなたにすばらしい贈り物を与えてくれています。彼らはあなたの声を受け入れるスペースを作ってくれているのです。結婚生活における満足感が私に与えてくれたのはそれです。声なのです。だから私はこの本を、これらの言葉を綴ることができたのです。

二〇〇九年一月、ディックと私はワシントンを旅行し、アーリントン国立墓地のケネディ大統領の墓を訪ねました。その場所を訪れるのはそれが初めてでした。訪れたときにどのような感情と記憶が自分の中に呼び起こされるのか興味を持っていました。いえ、興味と恐れを抱いていました。

その日の気温は八度で体感温度はもっと低く、私たちは雪の中を重い足取りで歩き、修復された巨大なギリシャ風のアーリントン・ハウスを下った丘の裾野にある質素な墓地に着きました。ワシントンの街が私たちの目の前に広がっていました。ケネディ大統領の平な墓石は、ジャクリーン・ブービエ・ケネディ・オナシスの墓の隣にありました。もしその日が骨まで凍りつくような寒い日でなくても、私が彼の墓の前に長くいることはなかったでしょう。彼らの墓を見つめたとき、私は自分を侵略者のように感じました。ケネディ家の亡霊は静かに、そして悩ましい存在として私の人生の中に長い間さまよっていました。しかし私が彼らの物語の一部であったことはありません。前にも言ったように、私は脚注の脚注でした。そして私は墓の前に立ち、温かさを求めて夫に寄り添いました。彼の腕に自分の腕を絡めたとき、私は完璧に満足していました。

立ち去る前に、私の秘密と痛みこそが私を成長させてくれたことに気づきました。そのことに驚き、感謝しながら、声には出さず口の動きだけで「ありがとう」と言いました。

秘密、そしてそれが公に暴露されることがなければ、私はディックに出会うことも、今の人生を手に入れることもありませんでした。ケネディ大統領との思い出がどのようなものであっても、それはもう昔のものです。それは過去に属し、これからもそこにとどまるでしょう。大切なのはついに私の心に平穏が訪れたということでした。

これこそが喜んで解き放ち、人々と分かち合いたい私の秘密なのです。

謝辞

皆さんに心からの感謝を捧げます。

エージェントにして友達のマーク・ライターへ。私の物語を本にするのを手伝ってくれたことに。

友達のマーニー・ピルスベリー、ウェンディ・フォルク、カーク・ハッフォード、K・C・ハイランド、ジョアン・エリスには、サポート隊を作ってくれたことに。そして、思い出を分かち合ってくれたメアリー・ヒラードにも。すてきな写真をありがとう。

妹のデヴ・ベアードスレイ、姉のバフィー・ハバード、兄のジョシュ・ベアードスレイと弟のジミー・ベアードスレイへ。みんなの無条件のサポートに。

娘のリサ・アルパウとジェニー・アクセルマンへ。味方でいてくれたこと、そして私がこの物語を書く必要があったのを理解してくれたことに。

コレット・リンニハンへ。私が自分を理解するのを助けてくれた、あなたのアドバイスと専門知識に。

ジュード・エリオット・ミードとレベッカ・ブッセルへ。最初から私を励ましてくれたことに。そしてリンダ・バード・フランキーへ。あなたの貢献と費やしてくれた時間に。ランダム・ハウスのチームメイトへ。スーザン・マーカンデッティには、この本を出してくれたことに。スーザン・カミルとアンディ・ワードには作家の言葉に与えられる中でも最上級の熱意と思慮を持って査読してくれたことに。そしてベン・ステインバーグとカエラ・マイヤーズにはその前向きな姿勢と、私を決して失望させなかった迅速な対応に。

そして愛する夫、ディック・アルフォードに。何度も何度も読み直し、私を笑わせ、泣いているときには慰めてくれてありがとう。そして何があろうといつも腕を開いて私を迎えてくれたことに感謝しています。残りの人生をあなたと生きることができて私は本当に幸せです。

著者について

ミミ・アルフォードは現在、マサチューセッツ西部に夫のディックとともに暮らしている。七人の孫の祖母である。これが彼女にとって最初の本になる。

●著者略歴

ミミ・アルフォード

ミミ・アルフォードは現在、アメリカ・マサチューセッツ西部に夫のディックとともに暮らしている。

7人の孫の祖母である。

これが彼女にとって最初の本になる。

長坂陽子（ながさか・ようこ）

翻訳者、ライター。海外セレブリティのゴシップ、ファッション、ビューティ情報について雑誌やウェブサイトで執筆中。

著作に『CELEB GOSSIP年鑑 2009-2010―海外セレブの真実の姿を暴露する』がある。

私はジョン・Fの愛の奴隷《どれい》だった

2012年11月11日　初版発行

著　者　ミミ・アルフォード
訳　者　長坂陽子
発行者　唐津　隆
発行所　株式会社ビジネス社
〒162－0805　東京都新宿区矢来町114番地
神楽坂高橋ビル5F
電話　03－5227－1602　FAX 03－5227－1603
URL　http://www.business-sha.co.jp/

〈印刷・製本〉モリモト印刷株式会社
〈装丁〉熊沢正人　大谷昌稔（パワーハウス）
〈本文DTP〉茂呂田剛（エムアンドケイ）
〈編集〉本田朋子〈営業〉山口健志

ISBN978-4-8284-1684-7